DES

PONCTIONS CAPILLAIRES

DANS LE TRAITEMENT

DE CERTAINES COLLECTIONS DE SANG ET DE PUS

PAR

M. VOILLEMIER

PARIS

G. MASSON, ÉDITEUR

LIBRAIRE DE L'ACADÉMIE DE MÉDECINE

PLACE DE L'ÉCOLE-DE-MÉDECINE

—

1873

DES

PONCTIONS CAPILLAIRES

DANS LE TRAITEMENT

DE CERTAINES COLLECTIONS DE SANG ET DE PUS

DU MÊME AUTEUR

TRAITÉ DES MALADIES DES VOIES URINAIRES. MALADIES DE L'URÈTHRE. — 1 vol. gr. in-8, avec
87 figures dans le texte. — Prix : 12 fr. 50 .

PARIS. IMP. SIMON RAÇON ET COMP., RUE D'ERFURTH, 1.

DES

PONCTIONS CAPILLAIRES

DANS LE TRAITEMENT

DE CERTAINES COLLECTIONS DE SANG ET DE PUS

PAR

M. VOILLEMIER

PARIS

G. MASSON, EDITEUR

LIBRAIRE DE L'ACADÉMIE DE MÉDECINE

PLACE DE L'ÉCOLE-DE-MÉDECINE

1873

AVANT-PROPOS

Dans ces derniers temps, on s'est beaucoup occupé de l'évacuation des collections de liquides développées dans notre économie.

En 1856, séance du 6 août, j'ai lu à la Société de chirurgie un Mémoire ayant pour objet de démontrer que bon nombre de ces collections pouvaient être ponctionnées utilement avec des instruments de très-petit volume, et j'ai donné à ces ponctions le nom de *Ponctions capillaires*.

En 1862, je publiai ce Mémoire dans un volume de clinique chirurgicale; mais l'édition de ce livre étant épuisée, j'ai cru devoir faire réimprimer mon travail, dans cette pensée qu'il pourrait offrir un certain intérêt d'actualité.

VOILLEMIER.

PONCTIONS CAPILLAIRES

DE CERTAINES COLLECTIONS DE SANG ET DE PUS

Dans une science d'application comme la chirurgie, le détail le plus mince en apparence devient important au lit des malades dès qu'il peut prévenir un danger, empêcher une difformité ou épargner une douleur. C'est dans cette pensée que j'ai cru devoir vous exposer une méthode de traitement des plus simples, mais exempte d'accidents, et qui m'a donné constamment des résultats heureux. Je veux parler de l'ouverture de certaines collections de sang ou de pus par des *ponctions capillaires*. Cette dernière expression n'est peut-être pas rigoureusement applicable aux instruments dont je me sers, car, tout petits qu'ils sont, ils présentent encore une certaine grosseur; mais elle convient bien aux ouvertures qui sont aussi étroites, qu'on peut les imaginer pour donner passage à des liquides tels que le sang, le pus, la sérosité.

Voici dans quelles circonstances j'eus, pour la première fois, l'idée de recourir à ce mode de traitement.

ÉPANCHEMENT DE SANG

OBSERVATION Ire. — *Épanchement de sang à la partie antérieure de la jambe.— Légères eschares. — Guérison en douze jours.*

Dans les premiers jours de mars 1855, conjointement avec mon collègue et ami M. Pidoux, je donnai des soins à une dame, âgée de quarante ans, qui avait été renversée par un fiacre. Une des roues était passée sur la partie inférieure de la jambe gauche. Aucun os n'avait été fracturé, mais il y avait un épanchement de sang considérable. Le sang infiltré remontait jusqu'au jarret et formait, vers la partie inférieure de la jambe, une poche oblongue, de la grosseur d'un œuf aplati, dans laquelle la fluctuation était des plus manifestes. Sur ce point, la contusion avait été si forte, que la peau était en partie désorganisée, dans l'étendue de quelques centimètres. J'appliquai sur le membre des compresses imbibées d'eau blanche et un bandage légèrement compressif, dans le but d'amener la résorption du sang épanché.

Tout se passa parfaitement bien; la malade eut à peine un mouvement de fièvre, et le membre diminua rapidement de volume. Pourtant la tumeur fluctuante était restée à peu près la même. Le vingtième jour, la malade y ressentit quelques douleurs. Le bandage enlevé, je trouvai la peau chaude, tendue, rouge surtout autour des points mortifiés, et il était de toute évidence que la poche enflammée ne tarderait pas à s'ouvrir. J'allais l'inciser, lorsque, songeant à tous les accidents qui pourraient résulter d'une large ouverture, j'eus l'idée de vider la tumeur par un moyen beaucoup plus simple. J'enfonçai dans son milieu une aiguille à coudre de moyenne grosseur. Celle-ci pénétra sans déterminer de douleur, et, quand elle fut retirée, je vis un liquide rouge assez ténu sortir par l'étroite piqûre comme par la morsure d'une sangsue. Encouragé par ce résultat, je fis six piqûres, et en quelques instants la poche fut complétement vidée. Il s'était écoulé trois cuillerées à bouche de liquide. — Un cataplasme fut prescrit.

Le lendemain, je revis la malade; elle n'avait pas souffert. La peau avait repris sa couleur normale, excepté autour des points mortifiés. La tumeur était en partie reproduite. Refoulant le liquide vers un des points de la poche, je lui donnai issue au moyen de quatre nouvelles piqûres. Quatre fois j'eus recours à ces ponctions. Le liquide devenait de plus en plus séreux, moins abondant, et les dernières ponctions en fournirent à peine six ou huit gouttes. Le trente-deuxième jour, c'est-à-dire douze jours après les premières piqûres, il ne restait plus de liquide dans la poche. Les eschares très-minces, dont la chute avait été hâtée par l'usage des cataplasmes, n'avaient laissé après elles que deux petites plaies superficielles qui ne pouvaient empêcher la malade de quitter Paris. Elle partit complétement guérie.

OBSERVATION IIe. — *Épanchement sanguin.* — *Ponctions capillaires.* — *Guérison en onze jours.*

Château (Émile), âgé de vingt et un ans, chargeur, est entré à l'hôpital Lariboisière, salle Saint-Honoré, le 18 avril 1855. Ce jour même, il avait été renversé par une malle du poids de 200 kilogrammes, qui, en tombant, avait porté sur le côté interne de la jambe droite. Sur le point frappé il s'est développé subitement une tumeur du volume du poing, allongée, fluctuante, sans changement de couleur à la peau, limitée en avant par le bord antérieur du tibia.

Le 19 avril, la peau présente une teinte ecchymotique très-prononcée, et d'une assez grande étendue, mais qui s'arrête brusquement en dehors, le long du bord antérieur du tibia. Un cataplasme avait été ordonné la veille et on en continue l'emploi.

Le 20 avril, huit ponctions sont pratiquées sur la tumeur avec la tige d'un trocart explorateur, et il s'écoule par les piqûres 30 grammes d'un liquide rouge foncé.

La poche n'est pas complétement vidée ; elle l'est assez cependant pour que l'on constate une cavité bien circonscrite, limitée par des bords épais. On continue l'usage des cataplasmes.

Le 22 avril, quatre nouvelles ponctions, pratiquées de la même façon, donnent issue à une quantité de liquide un peu moindre, plus ténu et moins coloré. Les bords de la cavité sont plus marqués et plus indurés. Jusqu'à ce jour, le malade n'a pas éprouvé la moindre douleur. Les cataplasmes sont continués.

Le 23 avril, deux ponctions : issue de 10 grammes environ de liquide, avec les mêmes caractères.

Chaque matin, jusqu'au 1er mai, deux piqûres sont pratiquées ; le liquide est de plus en plus séreux et moins abondant. A la dernière ponction, pratiquée le 2 mai, il en sort trois ou quatre gouttes. Le malade est complétement guéri. Les cataplasmes ont été employés jusqu'à cette époque.

Observation IIIe. — *Épanchement sanguin.* — *Ponctions capillaires.* — *Guérison en cinq jours.*

Louchard, âgé de quarante-deux ans, cocher, est entré à l'hôpital Lariboisière, n° 2, le 18 juin 1855. Il raconte qu'à la suite d'un coup reçu sur la partie inférieure de la jambe droite, il a vu se développer une petite tumeur qui est aujourd'hui de la grosseur d'un œuf de perdrix. Cet accident date de quinze jours. Il a continué à marcher, mais il est obligé d'entrer à l'hôpital, parce que les douleurs ne font qu'augmenter. Il lui semble qu'il a la jambe prise dans un étau quand il se fatigue un peu. La tumeur, située sur la face interne du tibia, est molle, fluctuante ; la peau est rouge, douloureuse au toucher, et tout indique un abcès prochain.

Le 18 juin, une seule piqûre avec la tige d'un trocart explorateur donne issue à une cuillerée à café de sang noirâtre. On sent qu'il reste du liquide dans la poche. — Cataplasmes.

Le 20 juin, la peau n'est plus rouge ni douloureuse ; la poche s'est remplie à moitié environ. Deux piqûres donnent issue à une demi-cuillerée à café de sérosité brune. — Cataplasme.

Le 21 juin, le malade a marché, mais il ne s'est rien reproduit dans la poche. On sent seulement les tissus un peu épaissis. Le malade est guéri et sort de l'hôpital. Il a été revu le 1er juillet, et la guérison était complète.

OBSERVATION IVe. — *Épanchement sanguin.* — *Suppuration.* — *Ponctions capillaires.* — *Guérison en cinq jours.*

Trochart (François), âgé de trente ans, carrier, est entré à l'hopital Lariboisière, salle Saint-Honoré, le 7 mars 1855. Cet ouvrier raconte que, le 5 mars, étant occupé à soulever une pierre énorme, celle-ci glissa et, en tombant, lui érafla la jambe droite. Il éprouva une violente douleur, et fut obligé de se coucher. A son entrée à l'hôpital, le malade présentait sur la face interne du tibia et inférieurement une tumeur du volume d'un petit œuf, ovale, molle, fluctuante, un peu douloureuse surtout au toucher, circonscrite par un bord dur, excepté en bas, où elle était mal limitée. — Cataplasmes. Repos au lit.

Le 9 mars, la tumeur est plus douloureuse; la peau est rouge et semble amincie. Deux ponctions, faites, avec une aiguille à coudre assez forte, donnent issue à une cuillerée à bouche de pus mêlé de sang. Cataplasmes. A la visite du soir, la pression fait sortir par l'une des piqûres une cuillerée à café du même liquide.

Le 10 mars, la peau est moins tendue, à peine douloureuse ; deux nouvelles ponctions donnent issue à une cuillerée à café du même liquide plus rougeâtre. Cataplasme soutenu par une légère compression.

Le 11 mars, la pression fait sortir par les deux piqûres quelques gouttes de liquide séreux à peine coloré. Légère compression à l'aide d'une bande.

Le 12 mars, les parois de la tumeur sont adhérentes ; la peau n'est plus douloureuse : le cercle dur qui circonscrivait en partie l'épanchement a presque entièrement disparu. Le malade se lève et marche.

Le 14 mars, il est complétement guéri.

OBSERVATION V^e. — *Épanchement de sang.* — *Présence de caillots.* — *Ponctions capillaires.* — *Guérison en huit jours.*

Vernet (Pierre), cocher, est entré à l'hôpital Lariboisière le 2 juillet 1855. Une roue de voiture lui a passé sur le pied et a déterminé un épanchement sanguin qui remonte le long de la face externe de la jambe jusqu'à quatre travers de doigt au-dessus de la malléole externe, dans l'intervalle qui sépare le tibia du péroné. Dans ce point, il y a une tumeur molle, fluctuante, aplatie, de 6 centimètres de long sur 4 de large ; la peau a une teinte violacée.

Le 4 juillet, trois ponctions sont faites sur la tumeur avec la tige d'un trocart explorateur, et il sort par les piqûres une demi-cuillerée à café d'un liquide épais, présentant à la vue tous les caractères du sang. — Cataplasmes.

Le 6 et le 8 juillet, trois nouvelles ponctions sont pratiquées et donnent issue à la même quantité de liquide épais. La poche est moins tendue, mais elle a à peu près le même volume.

Le 10 juillet, trois ponctions ; pour la première fois, il sort de la sérosité rougeâtre, 10 grammes environ. La poche est plus flasque et mieux limitée par des bords durs. — Cataplasmes.

Le 11 juillet, deux ponctions ; issue d'une quantité moindre de sérosité rouge On sent dans la poche des caillots de sang que l'on peut déplacer avec les doigts — Cataplasmes.

Le 12 juillet, une ponction donne issue à quelques gouttes de sérosité rouge. On constate de nouveau la présence des caillots. Les cataplasmes sont remplacés par une simple bande. Le malade se lève ; il sort le 15 juillet, ne présentant qu'un peu d'induration, là où existait la tumeur sanguine.

OBSERVATION VIe. — *Épanchement sanguin considérable.* — *Ponctions capillaires.* — *Guérison en douze jours.*

Salomon (Étienne), âgé de quarante ans, est entré à l'hôpital Lariboisière le 19 avril 1855. Cet homme a été renversé par une voiture, et il a eu le cubitus droit fracturé ; c'est pour cette blessure qu'il est venu demander nos soins. Son genou droit avait été atteint par une des roues, et présentait sur la peau quelques traces de contusion, mais il ne s'en plaignit pas. L'attention était seulement fixée sur la fracture de l'avant-bras, lorsque, le 7 mai, il dit souffrir un peu du genou. Voici ce qu'un examen attentif nous montra. L'articulation est saine et ne contient point de liquide. Cependant le genou paraît beaucoup plus volumineux que celui du côté opposé : cela tient à un épanchement assez considérable siégeant sous la peau, qui est décollée au-devant de la rotule, en dedans jusque dans le jarret, et sur un espace de quatre travers de doigt au-dessus et au-dessous de l'articulation. Quand le malade est dans le décubitus dorsal, le liquide s'accumule dans les parties déclives, et la peau s'applique sur la rotule ; si avec la main on refoule le liquide en avant, il forme sur la rotule une tumeur du volume d'une orange. Ainsi l'épanchement est contenu dans une grande poche qui donne au palper la sensation d'une vessie à moitié pleine.

Le 7 mai, le liquide est refoulé en avant, et neuf ponctions sont pratiquées sur la tumeur avec la tige d'un petit trocart explorateur. Il s'écoule par les piqûres 60 grammes d'un liquide rouge, ténu, ayant à la fois les caractères de la sérosité et du sang.

Le 8 mai, sept nouvelles ponctions sont faites en dedans et donnent issue à 50 grammes de liquide ayant les mêmes caractères.

Le 9 mai, la tumeur est devenue douloureuse. On s'abstient de la ponctionner et on la couvre de cataplasmes jusqu'au 14 mai.

Le 14 mai, l'inflammation est calmée et les parties ne sont plus douloureuses. Il s'est passé quelque chose d'assez singulier : la peau s'est recollée au-devant de la rotule et sur le condyle interne, de telle façon que la poche primitive est divisée en deux autres poches qui ne communiquent pas. La première, oblongue verticalement, est placée, en dedans, entre la rotule et le condyle ; la seconde est située en arrière du condyle. Deux ponctions sur la poche antérieure donnent 15 grammes de sérosité rouge, et deux autres ponctions sur l'autre poche donnent 20 grammes du même liquide. — Cata plasmes.

Le 16 mai, une seule ponction sur les deux poches, d'où s'échappe très-peu de liquide. — Cataplasmes.

Le 17 mai, la poche antérieure n'existe plus. Une ponction sur l'autre poche donne issue à quelques gouttes de liquide séreux rouge. — Cataplasmes.

Le 19 mai, la poche postérieure est épuisée ; on constate seulement en arrière un peu d'empâtement, qui semble tenir à la présence de quelques caillots étalés dans la poche ou à un reste d'inflammation.

Le malade est sorti de l'hôpital complétement guéri.

OBSERVATION VIIe. — *Épanchement de sang occupant la région lombaire et toute la hanche droite. — Guérison en dix-huit jours.*

Morel (Nicolas), journalier, âgé de cinquante-six ans, est entré à l'hôpital Lariboisière le 11 juin 1856. La veille, il a été pressé entre deux wagons ; le choc qu'il a reçu est considérable. Il a été porté à l'hôpital, la marche étant impossible. La région lombaire droite, le flanc et toute la hanche présentent un gonflement notable. Une pression modérée éveille d'assez vives douleurs pour faire craindre quelque fracture du bassin, mais on s'abstient de recherches inutiles, qui n'auraient d'autre résultat que d'augmenter les souffrances. On constate dans les parties contuses une fluctuation évidente, quoique profonde, surtout à la fesse. Le malade ne peut faire de mouvements sans souffrir ; couché sur le côté gauche, et le membre abdominal dans la demi-flexion, il éprouve encore des douleurs assez vives et lancinantes. La nuit a été agitée et sans sommeil.

Le 12 juin, une seule ponction est pratiquée avec un trocart explorateur dans la région lombaire, à 4 centimètres en dehors de la ligne médiane. Le liquide sort mal par la canule. Il s'en écoule environ 50 grammes. Il est d'un rouge brun, un peu plus visqueux que le sang veineux, dont il rappelle les caractères. Par le repos, il se sépare en deux parties dont le caillot représente environ le quart. — Cataplasmes.

Le 13 juin, la piqûre de la veille est fermée. La tension et les douleurs sont les mêmes. Une ponction faite avec le trocart explorateur donne issue à la même quantité de liquide, présentant les mêmes caractères. — Cataplasmes.

Le 14 juin, l'état du malade est le même ; une nouvelle ponction avec le trocart explorateur donne 60 grammes du même liquide. Il résulte d'une analyse succincte faite par M. Ducom, pharmacien de l'hôpital, que ce liquide très-séreux contient des globules sanguins assez rares, la plupart altérés. La fibrine est sept fois moins considérable qu'à l'état normal.

Le 15 juin, les symptômes sont les mêmes. La tension et les douleurs sont surtout remarquables. Les traces jaunâtres de l'épanchement s'étendent jusqu'à la partie moyenne de la cuisse. Trois ponctions, pratiquées à la région lombaire avec la tige d'un trocart explorateur, donnent issue à 80 grammes d'un liquide un peu moins coloré que celui de la veille, et qui, par sa couleur sanieuse, semble plus altéré. Il s'écoule en bavant, mais, si l'on presse sur la tumeur, il sort en jet comme le sang d'une saignée. — Cataplasmes.

Le 16 juin, trois nouvelles piqûres donnent issue à 60 grammes d'un liquide présentant les mêmes caractères, et s'écoulant tantôt en bavant, tantôt en jet ; malgré son apparence sanieuse, il ne présente sous le microscope aucun globule purulent.

Le 17 juin, l'état du malade est à peu près le même. Deux ponctions donnent 100 grammes de liquide. — Cataplasmes.

Le 18 juin, douleurs beaucoup moins vives ; tension à peu près la même. Trois piqûres fournissent 100 grammes de liquide ayant à peu près les mêmes caractères que celui des jours précédents. — Cataplasmes.

Les 19, 20 et 21 juin, on fait chaque jour trois ponctions, et chaque évacuation donne de 90 à 95 grammes de liquide.

Le 22 juin, les douleurs, qui ont été en diminuant, sont presque nulles ; la tension des parties est aussi bien moindre. Deux ponctions donnent 40 grammes d'un liquide plus séreux. Le nombre de globules diminue notablement ; ils sont devenus très-rares et sont toujours altérés. — Cataplasmes.

Le 23 juin, même état. Deux ponctions ; issue de 60 grammes de liquide plus séreux. Le gonflement de la hanche a diminué d'une manière très-remarquable. On n'y sent plus de fluctuation depuis plusieurs jours, et la tension est peu marquée. La fluctuation est circonscrite dans la région lombaire, dont la peau semble être amincie.

Le 24 juin, deux ponctions ; issue de 25 grammes et liquide.

Le 25 juin, deux ponctions ; issue de 15 grammes de liquide.

Le 26 juin, trois ponctions ; sorti 25 grammes de liquide.

Le 27 juin, la fluctuation semble plus large, et trois ponctions donnent 75 grammes de liquide très-séreux, mais toujours coloré en rouge brun et semblable à un ichor sanieux. Je prescris de soutenir le cataplasme par une bande assez serrée pour exercer un peu de compression, malgré la difficulté qu'on éprouve à bien appliquer un bandage dans cette région.

Le 28 juin, deux ponctions donnent 20 grammes de liquide.

Le 29 juin, deux ponctions fournissent à peine 10 grammes de liquide.

Le 30 juin, on ne trouve plus de point fluctuant. Deux ponctions donnent quelques gouttes de sérosité mêlée de sang provenant des téguments. Il ne reste d'autres traces des ponctions qu'une vingtaine de petits points bruns. Le malade, qui se lève depuis huit jours, reste encore dans les salles jusqu'au 1er juillet, et sort complétement guéri après dix-huit jours de traitement.

OBSERVATION VIIIe. — *Contusion violente de l'épaule gauche.* — *Fracture de l'omoplate.* — *Epanchement de sang considérable.* — *Ponctions capillaires.* — *Guérison en quinze jours.*

Oriac (Antoine), âgé de trente-six ans, est entré le 16 juin 1856 à l'hôpital Lariboisière. Il venait d'être pris entre deux wagons. La douleur qu'il éprouva fut des plus vives, sans qu'il perdît connaissance. Il fut apporté à l'hôpital, ne pouvant se soutenir. La contusion avait porté sur toute la partie gauche et supérieure de la poitrine. Toute cette région présentait un gonflement considérable, sans changement de couleur à la peau, ce qui indiquait un épanchement de sang profondément situé. Vers le milieu du bord spinal de l'omoplate, il y avait une petite plaie d'un centimètre, irrégulière et par laquelle il s'écoula, jusqu'au lendemain matin, une quantité de sang assez grande. Deux alèses et d'autres linges placés sous le malade en étaient tout imbibés. Il y avait lieu de soupçonner une fracture de l'omoplate, mais les douleurs qu'éveillaient les moindres recherches et le gonflement considérable des parties firent qu'on s'abstint de tout examen.

Le 17 juin, je trouve le malade très-abattu. Le gonflement s'est étendu à l'épaule, à l'aisselle et au bras. La petite plaie donne toujours du sang, on la ferme avec du diachylum. — Cataplasmes. Limonade. Julep diacodé. Bouillons.

Le 18 juin, dans la soirée d'hier, l'état du malade s'est rapidement aggravé : il a été pris de vomissements opiniâtres et de fièvre. La nuit a été mauvaise, sans sommeil. Ce matin, il a eu quelques frissons; la fièvre est forte, le visage altéré, mais les vomissements ont cessé. Malgré l'emplâtre, il s'est écoulé par la petite plaie une assez grande quantité de liquide sanieux. La tension des parties contuses est très-grande et le toucher est très-douloureux. — Cataplasmes. Saignée de quatre palettes. Tisane sucrée. Julep avec 5 centigrammes d'hydrochlorate de morphine. Bouillons.

Le 19 juin, l'état général est le même; l'abattement est encore plus marqué. La coloration violacée qui commançait à apparaître s'étend jusqu'à la région lombaire, à la partie interne du bras et de l'avant-bras; l'avant-bras et la main sont œdématiés. Il s'écoule par la petite plaie un liquide sanieux qui fait craindre que les parties profondes envahies par le sang ne suppurent; on la ferme avec le plus grand soin au moyen de plusieurs disques de diachylum.— Cataplasmes. Tisane sucrée. Julep avec 5 centigrammes de morphine. Bouillons.

Le 20 juin, les symptômes généraux sont aussi graves. La face est jaune et profondément altérée. Le pouls donne cent vingt pulsations; la langue est sèche et la soif vive. Dans la soirée de la veille, il y a eu un frisson assez fort. L'état du malade est évidemment très-grave. — Huile de ricin, 30 grammes. Cataplasmes Tisane sucrée. Julep diacodé. Bouillons.

Le 21 juin, il y a eu plusieurs selles, la nuit a été moins mauvaise. La fièvre est moins forte; cependant le mieux est peu sensible. Il s'écoule par la petite plaie une sanie purulente en médiocre quantité. — Même prescription, excepté le purgatif.

Le 22 juin, état général meilleur. Il n'y a plus eu de frissons. Le liquide qui sort par la plaie a été assez abondant pendant la nuit ; c'est une sanie mêlée de pus. Il devient dès lors inutile de fermer la plaie, mais on continue l'usage des cataplasmes. Le toucher est moins douloureux, et un examen attentif permet de constater une fluctuation profonde, surtout vers le bord postérieur de l'aisselle.

Le 23 juin, l'amélioration persiste et le malade commence à avoir de l'appétit; on lui donne une portion. Le liquide qui s'écoule par la plaie est plus séreux, mais encore purulent.

Le 24 juin, même état général. L'ecchymose des parties contuses est devenue d'un violet foncé au bas des reins et sur le bras. Vers le bord postérieur de l'aisselle, et au-dessous de l'épine de l'omoplate, la peau n'a pas changé de couleur, et cependant je constate dans ce point une fluctuation manifeste. Cet épanchement ne communique pas avec la petite plaie dont j'ai parlé; du moins une pression assez forte ne fait pas refluer le liquide vers la plaie. Une ponction faite avec la tige d'un trocart explorateur donne trois cuillerées à bouche d'un liquide brun qui sort en jet. L'épaisseur de tissus qu'il a fallu traverser est estimée à 2 centimètres au moins. — Même prescriptions. Cataplasmes.

Jusqu'au 27 juin, il n'y a rien de particulier. Ce même jour, on fait une ponction qui donne la même quantité de liquide que la première fois.

Le 28 juin : aujourd'hui la fluctuation est plus manifeste. Trois ponctions capillaires sont pratiquées, et il s'écoule en jet 80 grammes de sérosité brune, visqueuse. Ce liquide laisse déposer au fond du verre une partie épaisse, visqueuse, mélangée de pus. Ce dépôt n'a pas la forme d'un caillot. Examiné au microscope, on n'y trouve que des globules de sang assez rares et altérés, des globules de pus assez nombreux. — Deux ponctions. Cataplasmes.

Le 29 juin, deux ponctions donnent issue à 70 grammes de liquide présentant les mêmes caractères que la veille Le pus est assez abondant pour qu'il se dépose au fond du verre, sur ses parois, et soit très-aisément appréciable à la vue. L'examen fait par M. Ducom montre que ce liquide ne contient pas de fibrine. Les douleurs du malade sont beaucoup moindres; la tension des parties a notablement diminué et la petite plaie est fermée.

Le 30 juin, trois ponctions; issue de 100 grammes de liquide semblable à celui de la veille et s'écoulant en jet.

Le 1er juillet, deux ponctions donnent 90 grammes de liquide qui a les mêmes caractères et sort de même.

Le 2 juillet, deux ponctions fournissent 90 grammes de liquide plus séreux que celui des jours précédents.

Le 3 juillet, quatre ponctions donnent issue à 40 grammes de liquide. Il est vrai qu'on presse moins sur les parties.

Le 4 juillet, deux ponctions; sortie de 30 grammes de liquide qui prend un caractère de plus en plus séreux. On n'y trouve plus que de très-rares globules de sang altérés, sans globules de pus.

Le 5 juillet, deux ponctions; issue de 25 grammes de liquide.

Tous les jours suivants, jusqu'au 10, on fait une ou deux ponctions chaque matin. La quantité de liquide est de quelques grammes. La tension n'existe plus, et une pression assez forte n'éveille point de douleurs depuis longtemps. Après chacune des ponctions qui fournissaient une quantité de liquide considérable, on sentait avec les doigts une cavité profonde là où nous avons dit que la fluctuation existait; aujourd'hui c'est à peine si on constate une légère dépression. La quantité de liquide évacué, si on tient un peu compte de celui qui s'écoulait par les piqûres sans être recueilli, doit être évaluée au moins à 1,600 grammes.

OBSERVATION IXe. — *Épanchement de sang considérable à la partie supérieure de la cuisse gauche. — Ponctions capillaires. — Guérison.*

Foulon (Louis), cocher, âgé de cinquante et un ans, est entré à l'hôpital de Lariboisière le 27 juillet 1856. La veille au soir, voulant monter sur l'impériale d'une voiture, il tomba et une des roues lui passa sur la cuisse gauche. Il ne put se relever et fut porté dans une maison voisine. Le 27, il était dans l'état suivant : le membre abdominal gauche présente quelques excoriations légères ; il est notablement plus gros que le droit. La peau est tendue, mais elle a peu changé de couleur. Le malade ne peut qu'avec la plus grande peine imprimer quelques mouvements au membre blessé. L'état général est excellent. On se borne à couvrir la cuisse contuse d'un cataplasme.

Le 1er août, l'aspect du membre est complétement changé. Une ecchymose d'un brun foncé s'étend depuis le bassin jusqu'au milieu de la jambe gauche ; elle est surtout prononcée à la face interne du membre. Le gonflement est toujours très-marqué. A deux travers de doigts au-dessous du ligament de Fallope, la mensuration donne

Pour la cuisse droite.	55 centimètres.
Pour la cuisse gauche	65 »
Et à la partie moyenne pour la cuisse droite . .	44 »
— — pour la cuisse gauche .	60 »

Le gonflement offre au doigt une certaine résistance. Les jours précédents on ne trouvait aucune collection de sang ; aujourd'hui, pour la première fois, il existe au niveau du triangle de Scarpa une fluctuation manifeste, quoique les tissus présentent encore une certaine épaisseur.

Le 3 août, la collection du sang devient de plus en plus prononcée, et se dessine sous forme de tumeur aplatie. La poche contient un liquide qui ne semble pas la remplir tout entière. Une ponction faite avec la tige d'un trocart explorateur fournit en quelques instants 100 grammes d'un liquide clair et rouge. On aurait pu en obtenir davantage, mais on s'abstient de presser sur la tumeur. Le lendemain on examine ce liquide, qui avait été recueilli dans deux verres. Dans le premier, le liquide est séparé en deux parties assez distinctes : une sérosité verdâtre forme la couche la plus superficielle, et le caillot, mou, noirâtre, représentant environ le cinquième de la masse du liquide, occupe le fond du vase. Dans le second verre, le caillot n'est plus ramassé en masse ; il est divisé et représente une poussière rouge suspendue dans une trame légère comme une dentelle. En détachant cette trame, qui est adhérente au verre, à la surface du liquide, on la voit tomber doucement et se condenser après quelque temps en un caillot très-mou. Le liquide verdâtre, qu'on prendrait à première vue pour de la sérosité pure, contient encore, à l'examen miscroscopique, un assez grand nombre de globules de sang.

Le 6 août, le malade est présenté à la Société de chirurgie. La tumeur forme à la partie interne de la cuisse un relief considérable. Deux ponctions faites avec la tige d'un trocart explorateur très-petit donnent seulement quelques gouttes de sang. Une troisième ponction permet au liquide de s'écouler en jet, comme dans une saignée. Sur la demande de M. Hervez de Chégoin, une autre ponction est faite avec le trocart complet, tige et canule, et le liquide s'écoule également. Ce liquide, qui paraît assez peu coloré en sortant, est très-brun quand il est recueilli dans un vase, beaucoup plus brun que le 5 août. Il s'en écoule environ 200 grammes. Mais pendant le retour du malade à l'hôpital, la piqûre faite avec le trocart complet a laissé couler une assez grande quantité de liquide. Les compresses épaisses qui recouvraient la cuisse, la chemise, le pantalon, en sont imbibés. Le soir, vers les dix heures, cette piqûre en fournissait encore.

Le 7 août, la poche est affaissée, on s'abstient de faire des ponctions.

Le 8 août, trois piqûres sont pratiquées, deux avec la tige seule du trocart, une avec le trocart complet. Le malade dit de lui-même que cette dernière a été plus douloureuse que la première. Il s'écoule 180 grammes de liquide rosé. Le toucher permet de constater à la place de la tumeur un fond inégal, circonscrit par des bords durs et saillants. Le gonflement des parties voisines est moindre, et la partie supérieure de la cuisse, qui donnait 65 centimètres de circonférence, n'en a plus que 56.

Le 9 août, une seule piqûre pratiquée avec la tige du trocart fournit 60 grammes de liquide qui s'échappe en jet.

Le 10 août, une piqûre donne 40 grammes.

Le 11 août, une piqûre donne 55 grammes.

Le 13 août, une piqûre avec le trocart complet donne 50 grammes de liquide qui, en sortant, ne semble point coloré. Cependant, si on l'examine au microscope, on voit qu'il contient encore un assez bon nombre de globules sanguins dont beaucoup sont décolorés et quelques-uns altérés dans leur forme. Le malade dit qu'il se trouve parfaitement bien et se remue dans le lit avec facilité. — Il a même marché la veille dans la salle. La cuisse, mesurée à la partie supérieure, est plus grosse que la cuisse droite de 1 centimètre seulement.

Le 15 août, une ponction avec la tige du trocart fournit 35 grammes de liquide sortant en jet.

Les 17, 19, 21, 23 août, on fait chaque jour une piqûre qui fournit environ une cuillerée de liquide incolore qui contient encore des globules sanguins, la plupart décolorés. Le membre a repris son volume et sa forme ; il ne diffère en rien du membre sain. Cependant, à la place qu'occupait la tumeur, on sent une sorte de plaque épaisse. On dirait que le foyer est occupé par une sécrétion plastique qui n'est bien sensible que depuis quelques jours. On applique sur ce point une compression, et le 27 on ne constate plus qu'une induration insignifiante. Le malade sort à la fin d'août très-bien portant et va reprendre son état de cocher.

OBSERVATION X.ᵉ — *Fracture de rotule avec épanchement de sang notable. —*
Une seule ponction capillaire.

Dériveteau (Félix) est entré à l'hôpital Lariboisière le 6 février 1857. Il a une fracture transversale de la rotule droite avec écartement de 1 centimètre. Au-

2

devant de la rotule existe un épanchement de sang débordant cet os de tous les côtés, et dont le volume égale celui du poing. Le membre est simplement placé dans l'extension, le genou est enveloppé d'un large cataplasme. Tout se passe bien pendant cinq jours. Alors le malade se plaignit d'une tension dou loureuse au-devant du genou ; il avait passé une nuit sans sommeil. En effet, la peau du genou était tendue, d'un rouge sombre, très-douloureuse au toucher, et tout devait faire craindre un abcès. Avec la tige d'un trocart explorateur je fis une ponction sur le milieu de la tumeur. Par l'étroite piqûre il sortit huit cuillerées à bouche d'un sang brun mélangé de stries purulentes. Le liquide, ayant été recueilli dans un verre, donna un dépôt blanchâtre qui était évidemment du pus. L'examen microscopique ne laissa aucun doute à cet égard. On continua l'usage des cataplasmes. Le lendemain, le malade dit avoir bien dormi. Le genou a changé complètement d'aspect. Il n'est plus douloureux même au toucher. Je m'attendais à trouver l'épanchement en partie reproduit ; il n'en est rien. On sent une sorte d'empâtement sans aucune fluctuation. Un mois s'est écoulé depuis cette époque, et rien n'est survenu de nouveau. Trois mois après, je l'ai revu parfaitement guéri.

OBSERVATION XIe. — *Épanchement sanguin dans l'intérieur de la cuisse. — Guérison après six ponctions capillaires.*

Brière (Louis), charretier, âgé de vingt ans, a été renversé par un haquet lourdement chargé, le 11 janvier. La roue lui a passé sur la partie moyenne et antérieure de la cuisse droite. Il ne pouvait se tenir sur les jambes, et il a été apporté à l'hôpital Lariboisière.

Le jour de son entrée, on constate une contusion énorme de toute la cuisse droite, qui présente, en avant, une ecchymose noirâtre très-marquée. Le membre est très-tuméfié ; à la partie supérieure, il a 11 centimètres de circonférence de plus que du côté sain, et en bas 4 centimètres seulement. Nulle part il n'y a de fluctuation ; seulement, à la partie moyenne et antérieure de la cuisse, on trouve un sillon profond dirigé obliquement de haut en bas et de dehors en dedans, large de cinq travers de doigt, indiquant le passage de la roue. Il semblerait au premier abord que les parties ont été profondément divisées.

Le malade se plaint d'un sentiment de tension très-douloureuse ; il est pâle, abattu, très-souffrant. Le pouls est faible, donnant quatre-vingt seize pulsations à la minute.

Le lendemain, le pouls est relevé, plein, donnant cent quatre pulsations. On prescrit une saignée de 300 grammes, de l'orangeade, des cataplasmes sur la cuisse.

Jusqu'au 19 janvier, on n'emploie pas d'autre traitement que le repos et des cataplasmes sur la cuisse. L'ecchymose est plus prononcée et s'étend du ligament de Fallope jusqu'au genou. Depuis quelques jours, il y a de la fluctuation dans toute la longueur du sillon qui a été noté. Dans deux points qui ont l'étendue d'une pièce de deux francs, la peau est amincie, jaunâtre, sèche et comme parche   iée. On a tout lieu de craindre, dans ces points, une ouverture spontanée, et cela décide à pratiquer des ponctions. Deux fois on enfonce la tige du trocart explorateur dans le foyer, où il pénètre sans résistance jusqu'à 7 centimètres. Par les piqûres, il s'écoule 150 grammes d'un liquide noir, au milieu duquel on distingue quelques filets de pus; comme ce liquide sort lentement, on n'en recueille pas davantage, mais la quantité qui s'écoule est si considérable, que le cataplasme, les deux alèzes et le matelas en sont traversés. Ce liquide se sépare, dans le verre à expériences, en un caillot mou, noir dans sa plus grande portion, et rouge à sa superficie, représentant le sixième de la masse totale recueillie. Le liquide qui surnage est noir, un peu visqueux; examiné au microscope, il ne contient pas de globules de sang. Le caillot contient seulement des globules de sang un peu déformés et des globules de pus assez abondants.

Le 20 janvier, on pratique encore deux ponctions, dont l'une permet au liquide de s'écouler en jet comme celui d'une saignée. Le liquide se comporte comme celui de la veille et donne les mêmes résultats microscopiques. On en avait recueilli 200 grammes, mais, comme la première fois, il s'en écoule dans les linges qui enveloppent le membre une quantité considérable. Le malade accuse un très-grand soulagement.

Le 21 janvier, le membre malade mesuré est plus gros que le membre sain de 4 centimètres seulement en haut et de 3 centimètres en bas.

Le 24 et le 26 janvier, on fait une ponction qui donne issue seulement à 100 grammes de liquide plus fluide, mais aussi coloré que les jours précédents. On aurait pu en recueillir davantage; on le laisse couler dans les linges. Ce liquide reposé donne un dépôt noir qui n'est pas pris en caillot. Il est composé de globules déchiquetés sur les bords, mais on ne trouve plus de trace de pus. Le liquide noir qui surnage ne présente aucun globule.

Le 28 janvier, une ponction donne 30 grammes de liquide ayant les mêmes caractères.

Le 29, on fait une dernière ponction qui fournit à peine une cuillerée de liquide moins coloré et surtout plus fluide. Le membre mesuré offre seulement de plus que l'autre 2 centimètres en haut et un seul en bas. Dans les points où on a noté un amincissement très-grand de la peau, on constate des tissus épais et un peu indurés. Les téguments ont encore une teinte ecchymotique.

Le 4 février, le malade, qui marche sans le moindre gêne depuis plusieurs jours, quitte l'hôpital étant parfaitement guéri.

OBSERVATION XIIe. — *Épanchement sanguin considérable. — Guérison après dix ponctions capillaires.*

Marcy, âgé de trente-quatre ans, charretier, occupé à des travaux de construction, fut obligé de passer sous une grue qui élevait une pierre. En ce moment, la pierre, qui était énorme, s'échappa des cordes qui l'entouraient et tomba d'une hauteur de 7 mètres. Dans sa chute, elle frôla le dos du sieur Marcy, qu'elle renversa. Cet ouvrier ne put se relever, et il fallut le transporter à l'hôpital Lariboisière.

Le lendemain de l'accident, 22 mai, il est dans l'état suivant : les mouve-

ments des membres sont libres, mais ceux des membres inférieurs déterminent
une douleur assez vive dans la région lombaire. C'est cette partie du corps qui
a été contuse. On y trouve une écorchure insignifiante de quelques centimètres.
La pression sur cette région est très douloureuse, le malade ne peut se re-
tourner qu'avec peine. Bien qu'il existe une contusion profonde et une notable
quantité de sang épanché qui se traduit déjà par une ecchymose assez large, on
ne trouve nulle part de fluctuation (dix ventouses scarifiées aux lombes, cataplasmes émollients, tisane sucrée, bouillons).

Le 24 mai, six ventouses scarifiées, cataplasmes, deux portions ; on continue
les émollients locaux jusqu'au 27 sans nouvelle émission sanguine.

Le 27 mai, les ecchymoses sont plus marquées que les jours précédents. Il
existe, en outre, une tuméfaction prononcée dans la région lombaire ; elle est
due à une quantité assez grande de liquide épanché sous la peau, qui est légèrement décollée. En faisant changer la position du malade, ce liquide se dé-
place de lui-même et se porte vers la partie la plus déclive de la poche. Le
décollement de la peau s'étend de la septième vertèbre dorsale à toute la région
lombaire, surtout à gauche. Il a environ 35 centimètres de haut et 25 de large.

Le 29 mai, trois ponctions sont faites avec la tige d'un trocart explorateur
(1 millimètre 2/3 de diamètre) ; on a été obligé de traverser une peau assez
épaisse. Il s'écoule 60 grammes d'un liquide brun, semblable à du sang veineux ; comme il sort lentement, on le laisse couler dans des linges, qui en ont
été tout imbibés. La quantité est assez grande, mais il est difficile de l'évaluer.
(On continue l'emploi des cataplasmes.)

Le liquide s'est comporté à peu de chose près comme le sang d'une saignée.
Un caillot représentant le sixième du liquide occupe le fond du verre ; la sérosité qui surnage est d'un vert pâle.

Le 31 mai, on retire 90 grammes de liquide par une piqûre faite avec la tige
du trocart, et une autre quantité égale par une ponction pratiquée avec le
trocart muni de sa canule, afin d'avoir le liquide de la poche sans mélange du
sang qui peut provenir de la piqûre de la peau. L'écoulement se fait bien par la
canule ; pourtant il s'est arrêté un instant et de l'air a pénétré dans le foyer au
moment où la pression exercée par les mains sur la poche a été un peu moindre.
Le liquide s'est comporté dans les deux verres de la même façon ; au lieu d'un
caillot compacte, on trouve suspendue dans la sérosité une trame légère, rouge,
qui n'est autre chose que le caillot divisé en une sorte de dentelle. Il suffit
de détacher des bords du verre les parties qui y adhèrent pour voir cette
trame descendre peu à peu et se condenser au fond du vase.

Le 2 juin, on n'ose plus ponctionner la tumeur avec la tige du trocart munie
de sa canule, à cause de l'accident des jours précédents et des douleurs que le
malade dit avoir éprouvées depuis vingt-quatre heures, malgré l'emploi des
cataplasmes. Une seule ponction est faite avec la tige, et on recueille 80 grammes de liquide d'une couleur moins franche que celui des jours précédents. Ce
liquide est divisé en trois parties bien distinctes. L'une, qui occupe le fond du
verre, a 9 millimètres d'épaisseur ; elle est d'un jaune sale : c'est du pus. La
seconde, qui a 3 millimètres d'épaisseur, est formée par un caillot noirâtre. La
couche la plus superficielle est composée d'une sérosité jaunâtre.

Le 5 juin, ponction avec la tige du trocart. Le liquide sort très-difficilement; on ajoute la canule pour une autre ponction et on obtient un liquide plus épais que d'ordinaire, mélangé de traînées de pus. On aurait pu prévoir ce résultat aux douleurs éprouvées la veille par le malade. 300 grammes de liquide avaient été extraits. Recueilli dans deux verres à pieds, à forme conique, il se décompose en une couche de pus de 2 centimètres et le reste de sérosité (on a toujours continué les cataplasmes).

Le 7 juin, ponctions avec le trocart complet. Il s'écoule par la canule 150 grammes d'un liquide moins épais que celui de la veille. La couche de pus est aussi de moitié moindre.

Le 8 juin, on se sert de la tige seule. Le liquide sort en jet pour la première fois. Il est beaucoup plus clair; on en retire 100 grammes. Le lendemain on retrouve encore au fond du verre quelques traces de pus.

Le 9 juin, les téguments sont recollés dans une grande étendue et la poche n'occupe plus que l'espace de quelques centimètres. Une ponction pratiquée avec la tige du trocart fournit un liquide à peine coloré, qu'on ne recueille pas à cause d'un filet de sang qui provient de la piqûre de la peau.

Le 12 juin, ponction avec la tige du trocart. 100 grammes de liquide peu coloré, caillot en dentelles à larges mailles.

Le 13 juin, ponction avec la tige du trocart. 40 grammes de sérosité et à peine un léger dépôt de globules le lendemain.

Le 16 juin, il ne s'est plus reproduit de liquide.

J'aurais pu rapporter un plus grand nombre de faits, mais ceux-là me semblent déjà assez concluants. Les premiers cas d'épanchements de sang que j'ai ponctionnés, ayant été accompagnés de quelques tâtonnements dans le traitement, me serviront seulement à préciser, autant que possible, la manière dont il faut employer les ponctions capillaires; et j'ai mieux aimé présenter des cas plus complets recueillis par les internes de mon service à l'hôpital Lariboisière.

Dans la première observation de ce travail, on voit que je me suis servi d'une aiguille à coudre ayant deux tiers de millimètre de diamètre. La piqûre, dont il ne restait plus la moindre trace le lendemain, suffit parfaitement à la sortie du liquide épanché. Plusieurs fois encore j'ai employé des aiguilles de grosseur variable avec le même succès. Ce petit instrument a l'avantage de pénétrer dans les tissus en les écartant, sans les diviser, et ne produit point de douleur; mais il a l'inconvénient de faire une ouverture trop petite, revenant très-vite sur elle-même et ne donnant pas toujours une issue facile aux liquides. Aussi ne faut-il s'en servir que

dans quelques cas exceptionnels où l'épanchement est peu considérable, la peau très-amincie, et quand on a lieu de croire que le
liquide à évacuer est très-ténu.

Je préfère aux aiguilles la tige d'un trocart explorateur dont le
diamètre est de 1 millimètre ou de 1 millimètre 1/2. Comme on
le voit, cet instrument n'est pas plus gros qu'une forte aiguille,
mais sa pointe, coupante sur trois angles, n'écarte pas seulement
les tissus ; elle les divise. Il y a une plaie de la peau, mais cette
plaie est si étroite, qu'elle ne saurait donner le moindre accès à
l'air, et que sa trace est à peine visible le lendemain. Plus d'une
fois je me suis servi du trocart explorateur complet, et voici ce que
j'ai remarqué : la canule longue ne permet pas au liquide de sortir facilement quand il est épais, ce qui se rencontre assez souvent
dans les épanchements de sang peu considérables ; la piqûre est
plus douloureuse et la plaie de la peau est moins nette, car les
bords de la canule déchirent toujours un peu les tissus.

Cette circonstance n'est pas sans importance, quand on songe
qu'on doit souvent renouveler les ponctions et qu'il faut prévenir
avec un très-grand soin l'inflammation de la peau. La canule a en
outre l'inconvénient de permettre l'entrée de l'air lors des mouvements d'abaissement et de soulèvement des parois de la poche,
quand, par des pressions réitérées, on veut faire sortir les derniers
restes du liquide qu'elle contient. Cependant je ne crois pas qu'on
doive repousser complétement le trocart explorateur muni de sa
canule. Il peut être utile quand la couche de tissus à traverser est
très-épaisse. En tout cas, je crois qu'on ne devrait y recourir qu'a-
près avoir essayé les ponctions avec la tige seule.

Le point dans lequel on enfoncera l'instrument n'est pas indiffé-
rent. On évitera les endroits où la peau sera amincie, rouge, enflammée ; autrement, les piqûres pourraient devenir fistuleuses, ce
qui ne serait pas sans danger, surtout dans les épanchements considérables.

Il ne faut pas non plus ponctionner la poche trop près de sa
base, là où les tissus ont une grande épaisseur, parce que la sortie
des liquides serait moins facile. On choisira, autant que possible,
un point où la fluctuation sera manifeste, la peau saine et la couche

de tissus à traverser peu épaisse. Tandis que d'une main on exerce sur la poche une douce pression pour tendre les parties et faire refluer les liquides vers un point donné, de l'autre on enfonce l'instrument perpendiculairement à la peau. Il faut avoir soin, en le retirant, de ne pas déplacer la peau, ce qui changerait la direction du trajet de la petite plaie. Une ponction oblique ne permettrait qu'avec peine l'écoulement du sang et n'aurait aucun avantage. Dans quelques cas où l'épanchement siége sur le trajet de gros vaisseaux, il est bon de limiter avec les doigts la longueur de l'instrument qui doit pénétrer dans les tissus.

L'époque à laquelle il convient de ponctionner un épanchement de sang est assez variable. En général, il est avantageux d'attendre que la tumeur soit bien dessinée et la fluctuation manifeste. A mesure que l'on s'éloigne du moment de l'accident, la séparation des principaux éléments du sang s'opère d'une manière plus complète. Les parties solides se déposent sur les parois profondes du foyer et s'y fixent de plus en plus, la sérosité devient plus ténue, et la peau s'amincit dans quelques points ; les tissus se remettent de la contusion profonde qu'ils ont subie, et on se trouve dans les conditions les plus favorables à l'évacuation facile et rapide des liquides. Cependant, si, par suite de la violence de la contusion, la peau était fortement distendue, amincie, et qu'on eût lieu de craindre l'ouverture spontanée du foyer, il faudrait le ponctionner tout de suite, en observant les précautions que j'ai indiquées. La déplétion de la poche est le meilleur moyen d'en prévenir l'inflammation.

En général, trois ou quatre piqûres et quelquefois une seule suffisent pour vider une tumeur même volumineuse. Dans les premiers temps, j'en faisais un plus grand nombre et parfois une dizaine, mais je ne retirais de cette pratique que le mince avantage de vider rapidement la poche, et j'augmentais sans nécessité les chances d'inflammation. Pour éviter ce dernier inconvénient, il m'est arrivé de mettre deux jours d'intervalle entre chaque opération. Je me suis trouvé assez bien de cette pratique dans les cas d'épanchement considérable compliqué de contusion profonde. J'évite toujours avec le plus grand soin d'enfoncer la tige du trocart dans une des anciennes piqûres. Ce serait courir le risque d'irriter cette petite plaie, de la faire suppurer et de déterminer secondairement l'inflammation de la poche.

Le liquide s'écoule ordinairement comme par des piqûres de sangsues, on a besoin d'aider sa sortie en exerçant une pression modérée sur la tumeur. D'autres fois il s'écoule en bavant ou s'échappe en un jet aussi régulier que celui d'une saignée, et il suffit de comprimer légèrement la poche pour la vider complétement. Ces différences dépendent de la consistance des liquides, de l'épaisseur des parois de la poche, de la direction de la piqûre, de la finesse de l'instrument; mais dans tous les cas on parvient à évacuer le sang épanché.

Le liquide qui sort par les piqûres n'a pas toujours les mêmes caractères. Dans les petits épanchements, c'est souvent du sang noir, épais, semblable à de la gelée de groseille. Dans les épanchements considérables, il est constamment assez fluide; mais tantôt il est noirâtre et visqueux, tantôt rosé et assez clair. Après quelques ponctions, ses caractères sont plus ou moins modifiés. Ainsi j'ai vu une première ponction donner du sang noir, à demi coagulé, qui ne sortait par les piqûres qu'avec difficulté, tandis que les autres ponctions fournissaient un liquide noirâtre, fluide, de consistance presque séreuse. Dans certains foyers, d'où je n'avais pas retiré une quantité de liquide en rapport avec leur volume, j'ai trouvé des caillots qu'il était facile d'écraser et de faire filer sous les doigts; ces caillots ne persistaient pas longtemps. Une fois la poche à demi vidée, ils étaient rapidement dissous par l'abord d'une nouvelle quantité de sérosité, peut-être aussi résorbés en partie. Car il est pour moi incontestable que les ponctions capillaires, sans déterminer une inflammation appréciable dans la poche, peuvent modifier le mode de vitalité de ses parois et activer le travail de résorption.

Lorsqu'un épanchement considérable est ponctionné peu de temps après l'accident qui l'a produit, le liquide recueilli dans un verre laisse toujours déposer un caillot dont le volume est assez variable. Tantôt il se forme au fond du verre, tantôt il est suspendu au milieu de la sérosité comme un flocon rouge et tremblotant. Dans deux cas, j'ai vu le caillot divisé à l'infini et dissé-

miné dans la sérosité sous la forme d'une dentelle rouge. C'est que
la fibrine, adhérant aux parois du verre, au niveau de la surface
du liquide, avait formé une trame légère dans laquelle les globules
sanguins réunis en petits groupes étaient suspendus. Il suffisait de
détruire ces adhérences pour que la trame fibrineuse, revenant
sur elle-même, descendît au fond du vase sous forme de caillot
mou. Quand l'épanchement date de quelque temps, le liquide
évacué donne plutôt un dépôt de globules sanguins qu'un véritable
caillot.

Le liquide examiné au microscope se présente sous des aspects
assez divers. Le plus souvent il contient des globules de sang très-
réguliers et en assez grand nombre; cela arrive surtout dans les
épanchements récents. Après quelques ponctions, le nombre des
globules de sang diminue, bien que le liquide garde en grande
partie sa couleur. Dans certains cas où la contusion a été profonde,
et quand on ne ponctionne la poche qu'après sept ou huit jours,
on obtient le plus souvent un liquide noirâtre qui ne contient pas
autant de globules qu'on aurait pu le croire et beaucoup de ces
globules sont déformés. Chez une femme portant à la région lombaire une tumeur sanguine du volume du poing, datant d'un
mois, une ponction fournit du liquide noir en petite quantité; car
la tumeur était surtout formée par des caillots, et dans ce liquide
fortement coloré je n'ai pas rencontré de globules sanguins.

Pour moi, tout épanchement produit par une contusion est un
épanchement sanguin. Il peut s'y ajouter du liquide provenant des
vaisseaux lymphatiques déchirés, de la lymphe plastique sécrétée
par les parois de la poche; car il existe dans le tissu cellulaire une
véritable plaie sous-cutanée; mais ces éléments ne sont qu'acces-
soires et le sang constitue presque à lui seul l'épanchement. Ce
que je dis ici ne serait qu'une assertion sans valeur si je n'expli-
quais comment le liquide qu'on obtient par la ponction contient
tantôt un caillot, tantôt un simple dépôt rougeâtre ou brun; comment, dans le champ du microscope, il présente des globules de
sang intacts ou altérés, rares ou nombreux; comment, enfin, il est
quelquefois réduit à une sérosité visqueuse, colorée, et ne contenant aucun globule sanguin.

Pour qu'on rencontre un caillot, il faut que le liquide évacué contienne une certaine quantité de fibrine. Aussi, a-t-on d'autant plus de chance d'en avoir qu'on a ponctionné un épanchement plus récent. Après un certain temps, bien que le liquide soit encore coloré, il peut ne donner qu'un simple dépôt. C'est que le sang d'un épanchement, sans se comporter exactement comme celui d'une saignée, parce qu'il est soumis à certains mouvements et à une influence vitale, finit par se séparer en deux parties, la sérosité et le caillot. La fibrine, entraînant avec elle une grande partie des globules de sang, se dépose sur les parois de la poche, s'y fixe, et alors vous n'aurez plus par une ponction qu'un liquide sans caillot. On obtiendra pourtant un dépôt sanguin d'épaisseur variable, parce que dans la sérosité évacuée nagent encore un certain nombre de globules échappés des mailles de la fibrine.

Dans d'autres circonstances, le caillot manquera par une cause très-différente, C'est quand il y aura une contusion profonde des tissus et que l'inflammation se sera développée à un certain degré dans la poche, ce que l'on reconnaîtra à la tension, à la chaleur des parties, aux douleurs éprouvées par le malade. Alors on ne trouvera plus de fibrine, parce qu'elle aura été transformée en une matière albuminoïde devenue soluble dans la sérosité. Avec le microscope on ne verra plus que de rares globules de sang, la plupart altérés, et des globulins, parce que la globuline aura été dissoute par la même influence phlegmasique. Cependant le liquide est souvent très-coloré, parce que les globules dissous ont cédé à la sérosité leur matière colorante. C'est surtout dans ces cas que le liquide a un aspect visqueux, qu'il doit soit à la matière albuminoïde fournie par la fibrine et la globuline dissoutes, soit à la lymphe plastique sécrétée en plus grande quantité, et probablement à ces deux produits réunis. J'ai rencontré plusieurs cas d'épanchement de nature évidemment sanguine, puisque après la ponction, qui n'avait fourni qu'une petite quantité de liquide, on pouvait écraser les caillots dans la poche, et le liquide noirâtre, semblable à du sang veineux altéré, ne présentait à l'examen microscopique aucun globule de sang. Qu'était-ce donc que ce liquide, sinon la sérosité isolée des caillots tenant en dissolution des glo-

bules de sang ou tout au moins chargés de leur matière colorante?

Il suffit d'avoir observé quelques épanchements de sang pour
voir que les phénomènes de résorption ne se passent pas toujours
de la même manière. Tantôt c'est la partie séreuse qui est reprise,
et le caillot isolé forme une tumeur solide au milieu des tissus.
C'est ce qui arrive assez souvent dans les épanchements médiocres.
Tantôt, par un phénomène contraire, la partie solide du sang se
dépose sur les parois de la poche, s'y étale en membrane épaisse,
s'organise peu à peu et finit par former un véritable kyste dans
lequel la sérosité isolée échappe à la résoption. C'est dans ces sortes
de kystes qu'on trouve un liquide clair ou à peine coloré, et contenant quelquefois de rares globules de sang assez bien conservés.
Mais le plus souvent, sous l'influence des mouvements, d'une
cause extérieure, les épanchements de sang finissent par s'enflammer et des accidents plus ou moins sérieux se produisent.

Quand la contusion est profonde et occupe une large surface,
il ne se forme pas toujours une poche sanguine dès les premiers
instants; elle se développe lentement, dans l'espace de quelques
jours. Pelletan, dans son remarquable mémoire, avait parfaitement étudié ce phénomène[1]. C'est que la déchirure du tissu cellulaire qui doit former le foyer n'est pas tout de suite remplie de

---

[1] A l'ouverture du corps d'un jeune homme qui succomba un mois après être tombé
d'un lieu élevé, Pelletan décrivit ainsi les altérations que présenta l'autopsie : « Tous les
viscères du ventre étaient parfaitement sains, et il n'y avait pas d'épanchement dans
la cavité du péritoine; mais il existait une ecchymose noirâtre accompagnée de quelques
caillots également noirs et adhérents au tissu cellulaire dans la région lombaire du côté
droit, au-dessous du rein. De ce centre, l'ecchymose se répandait dans le tissu cellulaire du bassin, au devant du quart inférieur de la colonne vertébrale, entre les deux la-
mes du mésentère, dans le tissu cellulaire qui joint le péritoine à la vessie, puis, se
portant à gauche, l'ecchymose communiquait dans les régions où nous l'avons observée
pendant la vie. Ce qu'il y a de remarquable, c'est que partout l'ecchymose n'était sensible que par la couleur noire du tissu cellulaire, qui en paraissait teint. Ce tissu cellulaire était sain, très-ferme. Nulle inflammation n'existait dans aucun endroit, et il était
évident que le sang infiltré de droite à gauche n'avait déposé en chemin que sa partie
colorante inhérente à de légers caillots, et que c'était sa sérosité qui avait fait l'infiltra-
tion du membre inférieur gauche, qui était parfaitement sain. Nul engorgement, nulle
tumeur des environs n'avait pu en déterminer l'œdématie, et elle dépendait évidemment
de la communication du tissu cellulaire avec celui qui avait été le premier siége de l'é-
panchement sanguin. (Pelletan, *Clin. chir.*, t. II, p. 121.)

liquides. Le sang infiltré au loin se sépare lentement en deux parties; l'une solide, qui reste dans l'épaisseur des tissus et leur donne
une teinte ecchymotique; l'autre liquide, qui filtre peu à peu vers
le point déchiré du tissu cellulaire. Dans ces cas, il n'y a pas et il
ne saurait y avoir de caillot dans la poche; le caillot est disséminé
dans les tissus autour du foyer qui s'est rempli de la sérosité; mais
cette sérosité contient toujours un certain nombre de globules sanguins qui indiquent suffisamment son origine. Ainsi s'explique encore la rapidité avec laquelle la tumeur sanguine se reproduit après
les premières ponctions. La poche une fois vidée devient un réser-
voir commun vers lequel s'écoule tout naturellement la sérosité
dont les tissus sont encore imbibés. Dans ces cas, j'ai toujours con-
staté, avec la reproduction rapide de la poche, une diminution
notable de la tension et du gonflement des parties qui l'avoisi-
nent.

Lorsqu'une tumeur sanguine a été vidée, on constate assez souvent une dépression notable circonscrite par un bourrelet dur et
saillant. Après quelques ponctions, il semble que le fond de la
dépression se relève en même temps que le bourrelet disparaît.
Ces changements s'opèrent quelquefois très-vite, même dans les cas
d'épanchements considérables. Dans les grandes collections, on ne
rencontre pas ordinairement de caillots, surtout si elles se sont
formées peu à peu; c'est, comme je l'ai dit plus haut, parce que
les parties solides du sang sont disséminées dans les tissus qui avoi-
sinent le point où le tissu cellulaire a été largement déchiré. Le
caillot qui appartient au sang épanché dans les premiers moments
est étalé sur les parois de la poche; on l'a trouvé dans quelques
cas traités par de grandes incisions, sous forme d'une membrane
épaisse et grisâtre. Il est, au contraire, assez commun de rencon-
trer des caillots dans les petits épanchements, et plus d'une fois il
m'a été facile de constater leur présence en les écrasant et en les
faisant filer sous le doigt. C'est qu'alors la contusion est circonscrite. Le sang est épanché, se sépare encore en deux parties, mais
l'abord d'une grande quantité de sérum, provenant des tissus voi-
sins, ne vient pas augmenter hors de toute proportion les parties
liquides.

Pour peu que l'épanchement soit considérable, il gêne les mouvements des malades et détermine de sourdes douleurs. J'ai cité
plusieurs cas de tumeurs sanguines dont quelques-unes avaient à
peine le volume d'un petit œuf et qui rendaient la marche très-
pénible. Deux malades, entre autres, éprouvaient des douleurs
assez fortes pour être forcés de cesser leurs travaux et de venir à
l'hôpital, où ils ne s'étaient rendus qu'avec la plus grande peine.

Dès les premières ponctions, ils éprouvent du soulagement,
moins de douleurs, moins de gêne dans les mouvements, et il n'est
pas rare de les entendre dire, après quelques jours de traitement,
qu'ils se trouvent complétement guéris.

Si l'on veut obtenir ses résultats rapides, il faut ponctionner la
poche chaque jour, ou au moins tous les deux jours. Il n'est pas
indispensable de la vider dès la première opération ; il vaudrait
mieux laisser un peu de liquide que d'exercer des pressions fortes
et prolongées sur des tissus déjà très-contus. A mesure que l'on
ira en avant, le liquide deviendra plus ténu et on videra plus facilement le foyer. En même temps, on devra prévenir l'inflammation que pourraient déterminer des piqûres répétées chaque jour,
en appliquant sur la tumeur des cataplasmes émollients. Dans les
premiers temps, je ne prenais pas toujours cette précaution, et la
rougeur de la peau, les douleurs éprouvées par les malades, me
forçaient bien vite à y revenir. Aussi je la regarde comme une
condition essentielle de succès.

Qu'il me soit permis maintenant de jeter un coup d'œil rapide
sur les principaux moyens généralement employés dans le traitement des épanchements de sang et de les comparer à celui dont je
viens de tracer l'esquisse.

Lorsqu'à la suite d'une violence extérieure, une certaine quantité de sang s'est infiltrée dans les tissus, il suffit de topiques résolutifs et, au besoin, d'une légère compression pour en amener la
résorption. Quelques chirurgiens veulent même qu'on se borne à
l'emploi de ces moyens simples quand le sang est *réuni en foyer*.
La crainte, du reste facile à comprendre, qu'ils ont d'ouvrir ces
épanchements fait qu'ils regardent comme un devoir de ne dés-
espérer de leur résorption que le plus tard possible. J'ai vu quel-

ques cas qui semblaient donner raison à cette opinion ; mais ces cas sont rares, et le succès n'est jamais obtenu qu'au prix d'un traitement très-long. Il faut même dire que ces succès sont le plus souvent incomplets et laissent subsister au milieu des tissus des noyaux plus ou moins volumineux qui peuvent devenir le point de départ d'accidents ultérieurs.

Dernièrement encore, j'ai eu occasion de voir un jeune militaire qui avait eu la cuisse gauche fortement contuse au siége de Sébastopol. Un épanchement de sang considérable s'était produit et ne fut combattu que par des topiques résolutifs. Aujourd'hui, il reste à la partie externe de la cuisse et au milieu des muscles une tumeur plus grosse que le poing, allongée, dure et gênant la marche au point que ce jeune militaire a été forcé d'entrer à l'hôpital. J'ai traité une femme qui portait à la région lombaire une tumeur sanguine du volume d'un œuf, dure, réduite presque exclusivement à un gros caillot, et remontant à plus de cinq mois. Cette femme ne s'est décidée à entrer à l'hôpital qu'après que la marche était devenue douloureuse et difficile.

Les faits de ce genre ne sont pas rares. Combien de fois encore le traitement par les résolutifs échoue-t-il quand on se croyait sur le point d'obtenir le meilleur résultat ! A la suite de mouvements, d'une pression opérée sur la partie malade pendant le sommeil et souvent sans cause connue, on voit le travail de résolution s'arrêter; les malades accusent un sentiment de tension, une douleur profonde ; peu à peu la poche s'enflamme, et après bien du temps perdu, on est obligé de recourir à une large incision, ce que précisément on voulait éviter.

Quant aux grandes incisions, je crois que tout le monde est à peu près d'accord sur leur gravité. Le seul avantage qu'on leur attribue est de vider la poche sanguine d'un seul coup. Mais cela n'est vrai qu'en partie, car elles ne peuvent débarrasser le foyer du sang qui adhère à ses parois, ni de celui qui est infiltré au loin dans le tissu cellulaire. Ainsi elles exposent au contact de l'air une vaste plaie dont les parois sont imbibées de liquides qui s'altèrent avec la plus grande rapidité, et cela, quand les tissus ambiants n'ont subi aucune inflammation adhésive. Ouvrir un épanchement dans de pareilles conditions, c'est surprendre la nature dans un travail d'absorption et livrer à ses efforts des matières sanieuses et toxiques ; c'est s'exposer gratuitement aux accidents les plus graves.

Les chirurgiens même qui réservent les grandes incisions pour les épanchements de sang dont la poche s'enflamme, et quand il existe un travail de suppuration, ne se mettent pas à l'abri de tout danger, parce que les parois du foyer ne sont pas toujours et dans leurs points, suffisamment modifiées et protégées soit par une membrane pyogénique, soit par une inflammation adhésive apportant des barrières à l'absorption.

Ici, les ponctions capillaires sont d'un grand secours ; car le moyen le plus sûr et le plus prompt d'entraver le travail inflammatoire qui commence, c'est d'évacuer le liquide épanché et de faire cesser la distension des parois du foyer. Lors même qu'il existe un commencement de suppuration, et que des globules de pus se trouvent mêlés au sang, le liquide n'en sortira pas moins par les ouvertures capillaires. J'ai rapporté plusieurs cas dans lesquels les globules de pus étaient si abondants, qu'ils formaient au fond du verre un dépôt blanchâtre très-appréciable ; il est évident que l'épanchement abandonné à lui-même se serait rapidement transformé en un véritable abcès.

Des ponctions successives, aidées de topiques émollients, ont entravé la marche de l'inflammation, et les malades ont guéri.

Pelletan et quelques chirurgiens avec lui, lorsqu'ils se décidaient à ouvrir une tumeur sanguine, se bornaient à pratiquer une incision suffisante pour donner une issue facile aux liquides épanchés. Ils introduisaient une mèche dans la plaie en même temps qu'ils exerçaient une compression sur les parois de la poche pour en amener le recollement. Cette pratique très-rationnelle n'est cependant pas exempte d'inconvénients. D'abord la compression n'est pas toujours facile ; quelquefois même il est impossible de l'appliquer exactement quand il s'agit d'un épanchement ayant son siège dans l'aisselle, le pli de l'aine aux lombes. De plus, la compression la mieux établie ne suffit pas constamment pour empêcher l'inflammation de s'étendre aux parois de la poche et aux tissus profonds infiltrés de sang. Il peut même arriver qu'elle soit difficilement supportée par les malades et qu'elle augmente l'inflammation, quand elle vient à être appliquée sur une peau déjà enflammée. Bien que ce mode de traitement soit de beaucoup préférable aux grandes incisions, on peut lui adresser une partie des reproches qui leur ont été faits.

Il est une autre méthode qui se rapproche plus de celle que je développe ici, c'est celle des ouvertures sous-cutanées pratiquées soit avec un bistouri étroit, soit avec un trocart. Avec le bistouri, on pénètre obliquement dans le foyer sanguin, après avoir déplacé la peau pour détruire, après l'évacuation du liquide, le parallélisme des ouvertures faites aux différentes couches de tissu. Mais la plaie étroite et oblique permet difficilement la sortie des liquides, et ne ferme pas tout accès à l'air. On préfère généralement au bistouri un trocart, auquel on ajoute un appareil ingénieux, de M. Jules Guérin, qui met à l'abri de ce dernier accident. Cependant les ponctions, telles qu'on les pratique ordinairement, sont loin de donner les résultats heureux qu'on pouvait espérer. En voici les raisons :

D'abord, l'instrument qu'on emploie est trop gros. C'est un trocart à hydrocèle de 5 millimètres de diamètre, et quelquefois plus. La ponction faite, et la canule retirée, on se borne à fermer l'ouverture avec un morceau de diachylum. Tout se passe bien pendant quelques jours, mais que de fois n'arrive-t-il pas que la piqûre s'enflamme et que l'inflammation se propageant à la poche la fasse suppurer! Les cas de ce genre ne se comptent plus. J'ai dit qu'avec les ponctions capillaires, si étroites qu'elles fussent, il fallait toujours être en garde contre ce danger et qu'il était indispensable de se servir de cataplasmes, pour peu que la peau fût rouge, amincie ou douloureuse; à plus forte raison doit-on encourir cet accident, quand on perfore la peau avec un gros trocart et qu'on ne prend aucune précaution pour prévenir l'inflammation qui se développe presque nécessairement.

L'autre raison est celle-ci : les ponctions sont trop rares. Lorsqu'on a ouvert une collection de sang, on reste deux jours, quatre, six et même dix jours avant de la ponctionner de nouveau. On attend que le liquide se soit en grande partie reproduit, ou même que la tumeur ait repris son volume primitif. Toutes les observations publiées dans nos recueils scientifiques font foi de ce que j'avance. Qu'arrive-t-il alors? Si, dans les premiers jours, les parois de la poche avaient repris un peu d'épaisseur, si elles avaient commencé à se recoller dans quelque point, l'abord de nouveaux liquides les distend, les amincit et détruit des adhérences qui n'ont encore aucune résistance. En un mot, on n'a rien gagné, et on a couru la chance d'enflammer la poche.

Des ponctions pratiquées à intervalles éloignés ne suffisent pas. Il faut des ponctions de chaque jour pour évacuer le liquide à mesure qu'il se reproduit, si on veut que la peau revienne facilement sur elle-même et puisse se recoller sur le fond du foyer. Je comprends qu'on hésite à faire des ponctions multipliées avec un trocart ordinaire, car la peau s'enflammerait infailliblement; mais elles sont sans inconvénients avec une tige métallique très-fine.

Cependant, il ne faut pas oublier, comme je l'ai dit, de faire usage de cataplasmes émollients; autrement on ne serait pas à l'abri de tout accident.

COLLECTIONS PURULENTES

Les ponctions capillaires avaient trop bien réussi dans le traitement des épanchements de sang pour que je n'eusse pas l'idée de les appliquer à d'autres tumeurs fluctuantes. Plus d'une fois elles m'avaient servi à vider des foyers sanguins enflammés et contenant déjà une notable quantité de pus. Elles devaient donc suffire à vider certains abcès; mais restait à déterminer ceux auxquels elles pouvaient convenir.

Je commencerai par dire comment j'ai procédé; j'exposerai ensuite les résultats que j'ai obtenus, suivant la nature des abcès auxquels j'avais affaire, la région du corps qu'ils occupaient, et la profondeur à laquelle ils étaient situés.

Dans mes premiers essais, je me suis servi d'un trocart explorateur ordinaire; mais sa canule longue et étroite ne permettait que difficilement la sortie du pus. Je lui substituai avec avantage un trocart plus gros et plus court, ayant 1 millimètre 1/2 de diamètre, et 6 centimètres de longueur. Cependant, il était commun de voir le pus sortir plus facilement par l'étroite piqûre des tissus, après que la canule avait été retirée, que par la canule elle-même. Aussi, suis-je bientôt arrivé à ne me servir du trocart complet que lorsque le pus était profondément placé ou recouvert de plusieurs couches de tissus mobiles les unes sur les autres. Dans ces cas mêmes, après deux ou trois jours, je ne me servais plus que de la tige du trocart et le pus s'écoulait aisément ; sans doute parce que le trajet étroit de la piqûre s'était enflammé, et que l'inflammation avait détruit la mobilité des diverses couches de tissus. Car ici, je n'agissais plus comme dans les épanchements de sang, que j'avais soin de ne jamais ponctionner dans le même point, pour éviter toute chance d'inflammation ; chaque jour, j'enfonçais l'instrument dans la piqûre de la veille. En effet, qu'avais-je à craindre? Dans un abcès, la poche n'est-elle pas déjà enflammée? Quant à l'introduction de l'air qui pourrait par sa présence altérer les qualités du pus, elle n'était pas à craindre avec une ouverture aussi étroite. Bien plus, il arrivait souvent que la piqûre, se transformant en une sorte de fistule, laissait le pus s'écouler continuellement, et cela sans inconvénient ; car le pus ne sortait qu'à mesure que les parois de la poche revenaient sur elles-mêmes. Pourtant c'était une précaution indispensable de recouvrir la tumeur de cataplasmes émollients, afin de modérer et de limiter l'inflammation déjà existante et celle que les ponctions pouvaient déterminer. Autrement cette inflammation, ordinairement peu prononcée, peut affecter rapidement un caractère aigu, s'étendre à la peau voisine, et déterminer des accidents d'une certaine gravité.

Abcès du cou. — Les abcès du cou se présentent rarement à l'état aigu. On en rencontre pourtant, surtout chez les jeunes sujets. Quand ils sont profonds, étendus, et menacent de devenir des phlegmons diffus, des incisions proportionnées à la gravité du mal peuvent seules entraver leur marche. Mais, s'ils sont circonscrits et placés au-dessous de la mâchoire, comme il arrive le plus souvent, quand ils sont déterminés par le travail de la dentition, les ponctions capillaires sont très-efficaces. Chez plusieurs jeunes enfants de trois à quatre ans, il a suffi de quelques ponctions pour faire disparaître des abcès bien formés. Le premier jour, on donnait issue à peu près à une cuillerée à café de pus phlegmoneux ; le second ou le troisième jour, on obtenait seulement quelques gouttes d'un liquide louche ou séreux. Pendant une semaine environ, il restait une induration qui cédait à l'emploi des cataplasmes, et bientôt l'œil le plus exercé ne pouvait plus reconnaître le point où les ponctions avaient été pratiquées. Chez un enfant de treize ans, quatre ponctions amenèrent la guérison d'un abcès qui fournit, le premier jour, une cuillerée de pus. Dès le deuxième jour, on ne fit sortir, par une nouvelle piqûre, que de la sérosité rougeâtre. Pour obtenir des résultats aussi prompts, on ne doit pas attendre que la peau soit amincie ; il faut surveiller la marche de l'inflammation, qui est ordinairement très-rapide, et ponctionner la tumeur dès qu'elle présente un point fluctuant.

Abcès froids. — Les abcès froids, beaucoup plus fréquents dans la région du cou, peuvent être traités de la même façon. Leur guérison est moins prompte : ce qui est facile à comprendre quand on songe à leur nature, à la lenteur de leur développement, au tempérament affaibli des sujets qui en sont affectés.

Les abcès froids du cou se présentent sous deux formes assez différentes, suivant qu'ils occupent la nuque ou ses parties latérales. Les premiers, souvent assez volumineux, marchent encore assez vite. Ils sont fluctuants dans tous leurs points ; on sent quelquefois à leur base un rebord dur formé par les tissus enflammés, mais rarement ils reposent sur une masse ganglionnaire. C'est un point très-important pour leur thérapeutique ; car une fois qu'ils sont guéris, tout est terminé. Il ne reste pas, comme dans les abcès sous-maxillaires et ganglionnaires, une masse dure plus ou moins volumineuse qui met toujours un temps assez long à disparaître. Le pus est ordinairement très-épais, jaunâtre, visqueux ; aussi, à moins qu'une inflammation aiguë n'en ait changé les caractères, ne s'échappe-t-il qu'avec peine par les premières ponctions. Il ne faut pas insister pour vider entièrement le foyer purulent ; il suffit d'en avoir évacué une certaine quantité pour faire

cesser la tension des parois de la poche et pour enrayer l'inflammation. Dès le second ou le troisième jour, le pus devient beaucoup plus fluide et s'écoule facilement par les piqûres. Assez souvent il arrive un brusque changement dans les liquides sécrétés
par les parois de l'abcès, et on n'est pas médiocrement surpris de
voir sortir, à la place du pus qu'on avait trouvé la veille, un liquide séreux rougeâtre contenant à peine quelques globules purulents. Quand les choses se passent ainsi, la guérison ne se fait
pas longtemps attendre. Au bout de quelques jours, elle est complète.

OBSERVATION XIIIe. —*Abcès du cou.— Sérosité rouge de la seconde ponction. —
Ouvertures fistuleuses,— Guérison en quinze jours.*

Forna, vingt-deux ans, tailleur, est entré le 4 mars 1856 à l'hôpital Lariboisière.
Il a sur le cou de nombreuses cicatrices irrégulières, très-apparentes. Aujour-
d'hui il vient se faire traiter d'un abcès froid, dont il fait remonter l'origine à un
mois. Cet abcès est situé au-dessous et un peu en arrière de la région mastoï-
dienne ; il a le volume d'un petit œuf de poule ; la peau est amincie, rouge,
et tout annonce une ouverture spontanée prochaine.

Le 5 mars, une ponction avec la tige d'un trocart explorateur donne issue à
une cuillerée et demie d'un pus crémeux strié de sang. — Cataplasmes,

Le 6 mars, une ponction : issue d'une cuillerée de sérosité rouge, mélangée
de pus grumeleux. La peau n'est plus tendue, mais encore rouge. — Cataplasmes.

Le 7 mars, une ponction : issue de sérosité rouge en moindre quantité. En
touchant les parties, on trouve une dépression qui admet l'extrémité du pouce
et circonscrite par du tissu cellulaire induré. — Cataplasmes.

Du 7 ou 10 mars, deux piqûres qui ne sont point fermées, sans doute à
à cause du peu d'épaisseur des tissus, laissent écouler un liquide séreux. Pour
cette raison, on se borne à recouvrir les parties de cataplasme ; car la tumeur
incessamment vidée n'existe plus.

Du 11 au 21 mars, le même traitement a été continué. L'écoulement de sérosité a continué en diminuant ; la peau est recollée, mais elle a conservé une
partie de sa coloration d'un rouge brun. On ne met plus rien sur le cou.

Le 22 mars, le malade sort guéri.

OBSERVATION XIVe.— *Abcès du cou.— Ponctions capillaires.—Guérison en huit
jours.—Sérosité rouge dès la troisième ponction.*

Gilet (Louis), âgé de dix-huit ans, fondeur, est entré à l'hôpital Lariboisière
le 11 mai 1856. Il est vigoureux, mais d'un tempérament lymphatique. Der-

rière l'oreille droite, on remarque une large cicatrice irrégulière, trace d'un abcès froid qui s'est ouvert spontanément,

Il y a quinze jours environ, il a vu se développer un nouvel abcès sur la partie latérale droite et postérieure du cou. Cet abcès forme une tumeur grosse comme la moitié d'un œuf de poule : elle est molle, indolente, rouge dans sa partie la plus saillante, et un peu violacée, dans un point où la peau est tellement amincie qu'elle semble réduite à l'épiderme. Le jour même de l'entrée du malade, je pratique avec la tige du trocart explorateur, et sur les points où la peau présente une certaine épaisseur, trois ponctions qui donnent issue à une cuillerée à bouche de pus séreux mal lié. La poche est à peu près vidée ; alors les téguments se laissent facilement déprimer et les doigts plongent dans une cavité circonscriste par des bords escarpés qui correspondent, du reste, aux limites de l'abcès ; pas de cataplasmes.

Le 13 mai, la tumeur est diminuée de volume, plus molle, un peu enflammée. Une ponction donne issue à un peu moins de liquide que la première fois, mais ayant les mêmes caractère. Le palper donne les mêmes résultats.— Cataplasmes.

Le 14 mai, la peau, qui semble plus épaisse au toucher, n'est plus enflammée. La tumeur est beaucoup moins volumineuse. Une ponction seulement est pratiquée et il sort une demi-cuillerée d'une sérosité rouge qui s'échappe en jet. — Cataplasmes.

Le 15 mai, nouvelle ponction et issue d'une cuillerée à café du même liquide On ne sent plus les bords saillants qui formaient le pourtour de la tumeur.

Le 16 mai, une ponction. Même résultat.

Le 17 mai, la tumeur n'est plus accusée que par un léger relief et une coloration un peu brunâtre de la peau. On ne retrouve plus de cavité ; la peau épaissie semble adhérente, excepté dans la partie la plus déclive, où se trouve une très-petite quantité de liquide. Une ponction laisse couler une demi-cuillerée à café de sérosité roussâtre, bien moins colorée que les jours précédents.

Le 18 mai, rien.

Le 19 mai, nouvelle ponction ; issue d'une très-petite quantité du même liquide. On fait avec de la charpie, une compresse et une bande, une légère compression pour faciliter le recollement des parois.

Le 20 mai, une ponction. Quelques gouttes de sérosité suintent. — Même compression.

Le 21 mai, le malade quitte le service sans présenter d'autres traces de sa tumeur qu'un peu d'adhérence de la peau aux tissus sous-jacents.

OBSERVATION XVᵉ. — *Abcès de la nuque.* — *Ponctions capillaires.* — *Guérison en sept jours.*

Henzé, âgé de vingt-deux ans, est entré à l'hôpital Lariboisière, salle Saint-Napoléon, pour être traité d'un abcès du cou. Il raconte que, vingt jours avant son entrée à l'hôpital, il sentit sur la partie postérieure et droite de la nuque une petite tumeur dure qui alla en augmentant chaque jour. A son entrée à Lariboisière, on constate une tumeur à peu près hémisphérique, ayant 7 centimètres dans tous les sens. Elle est fluctuante, douloureuse à la pression, et gêne notablement les mouvements de la tête. La peau qui la recouvre est épaisse et rouge dans la moitié la plus saillante de la tumeur. Le 16 janvier, une ponction pratiquée avec la tige du trocart explorateur ne donne qu'une goutte de pus. Une seconde ponction, faite avec le trocart muni de sa canule, fournit une cuillerée d'un pus jaune très-épais ; ce pus ne sortait qu'avec peine de la canule, goutte à goutte, et encore fallait-il presser assez fortement sur la tumeur. La peau était épaisse et dure, et s'était laissé percer difficilement par l'instrument. — Cataplasmes.

Le 17 janvier, une ponction avec la tige du trocart, et dans le même point que la veille, donne une cuillerée à café de pus aussi épais que celui du premier jour. — Cataplasmes.

Le 18 janvier, la peau est moins rouge et les mouvements de la tête sont moins douloureux. Deux ponctions sont pratiquées avec la tige du trocart ; celle qui est faite dans le point déjà ponctionné laisse s'écouler une cuillerée à bouche de pus plus liquide que celui des jours précédents ; l'abcès est à moitié vidé. — Cataplasmes.

Le 19 janvier, la dernière piqûre est restée fistuleuse, et une assez grande quantité de pus s'est écoulée dans le cataplasme. Par une douce pression on fait encore sortir une cuillerée à bouche d'un pus manifestement plus fluide et séreux dans quelques parties. Il n'y a plus de douleur et la peau a presque repris sa coloration ordinaire. — Cataplasmes.

Le 21 janvier, la piqûre fistuleuse est fermée. Une nouvelle ponction, faite sur un autre point, donne particulièrement de la sérosité rougeâtre, qui s'échappe en jet comme le sang d'une saignée. Ce liquide, examiné au microscope, ne contient que de rares globules de pus et des globules de sang, la plupart déformés. — Cataplasmes.

Le 22 janvier, la tumeur n'est presque plus saillante ; elle n'est pas douloureuse à la pression.

Le 23 janvier, une ponction fournit à peine une cuillerée à café de sérosité mêlée de sang provenant de la piqûre. — Cataplasmes.

. Le 24 janvier, il n'y a plus de liquide. On sent seulement les parties un peu indurées, là où existait l'abcès. Le malade quitte l'hôpital huit jours après ; il revient à la consultation et est parfaitement guéri.

Les abcès froids, que l'on rencontre sous la mâchoire, sur les parties latérales du cou, reposent souvent sur une masse ganglionnaire, inégale, dure, plus ou moins considérable. Quand ils sont circonscrits, recouverts d'une peau assez épaisse, ils se comportent à peu près comme ceux dont je viens de parler. Mais s'ils sont volumineux, bosselés, avec une peau amincie dans plusieurs endroits, ils réclament un traitement plus long et se comportent d'une manière toute particulière. Souvent on est obligé de faire plusieurs ponctions sur divers points de la tumeur, si on veut la vider facilement. La sécrétion purulente persiste pendant un assez long temps; la peau ne reprend son épaisseur et ne se recolle que lentement sur les ganglions enflammés. Quelquefois elle est tellement amincie et violacée, qu'alors que l'abcès n'existe plus, et bien qu'il n'y ait pas eu de plaie, il reste des points déprimés où on croirait à l'existence de véritables cicatrices.

Observation XVIe. — *Abcès ganglionnaire considérable. — Ponctions capillaires multiples. — Guérison.*

Pinandot (Jean), fumiste, âgé de vingt-quatre ans, est entré à l'hôpital Lariboisière le 18 juin 1856. Il rapporte, qu'il y a deux mois, il vit apparaître à gauche du cou, au-dessous de la mâchoire, une petite tumeur du volume d'une noisette. Indolente et roulant sous les doigts, elle resta quelque temps sans augmenter ; puis, en quelques jours, elle devint douloureuse, augmenta rapidement de volume, malgré l'usage de préparations iodées à l'intérieur et en frictions sur la tumeur. Ces changements s'étaient opérés sans mouvements fébriles appréciables, sans accidents généraux, et le malade ne cessa ses travaux que pour entrer à l'hôpital.

A son entrée, la tumeur a le volume d'un gros poing. Elle s'étend, en avant, jusqu'à la ligne médiane, et en arrière, au delà de l'angle de la mâchoire ; en bas, elle envahit le creux sus-claviculaire, et en haut, elle dépasse le bord intérieur de l'os maxillaire et soulève le lobule de l'oreille. Elle est rouge dans une grande partie de son étendue et très-molle. La peau est partout amincie, mais surtout en haut et en arrière. Dans ce point, existe une bosselure de la tumeur principale de couleur violacée, et la peau est tellement amincie qu'elle semble sur le point de se rompre au moindre contact avec les doigts. Trois ponctions sont pratiquées avec la tige d'un trocart explorateur, et il s'écoule par les piqûres un demi-verre de pus glaireux, filant, jaunâtre. La tumeur est diminuée de moitié, mais elle contient encore une très-notable quantité de pus. Le 19 juin, deux ponctions donnent issue à la même quantité de pus présentant les mêmes caractères. (Cataplasmes.) Le 20 juin, trois ponctions et même quantité de pus. Le 21 juin, quatre ponctions fournissent cinq cuillerées à bouche de pus ; la tumeur est presque entièrement affaissée : la peau n'est plus rouge et a repris de l'épaisseur, excepté dans les points trop amincis, où elle conserve une couleur violacée. Le 22 juin, une des piqûres est restée fistuleuse et le cataplasme est imprégné de pus. Cependant on est obligé de faire trois ponctions sur la partie inférieure où le pus est accumulé, et il sort trois cuillerées de pus strié de sang. Comme les jours précédents, on trouve le fond de la tumeur inégal, bosselé. Le 25 juin, on constate que l'écoulement du pus a été arrêté par de petits caillots de sang noir et que la poche s'est enflammée. La nuit a été moins bonne. On pratique trois piqûres qui sont douloureuses, et il s'écoule quatre cuillerées de pus mêlé de sang. Les cataplasmes sont continués. Jusqu'au 26 juin, on continue à faire deux ou trois ponctions. L'inflammation est tombée et la peau, plus épaisse, a repris sa coloration normale, excepté dans les points d'aspect violacé qui ont déjà été signalés. Au premier abord, ces parties rouges, déprimées, seraient prises pour des cicatrices. — Cataplasmes. Jusqu'au 30 juin, le pus s'écoule par une des piqûres qui est restée fistuleuse. La tumeur est réduite des trois quarts. La peau est recollée dans plusieurs points vers le milieu de la masse ganglionnaire, et on constate que du liquide existe à la partie supérieure et à la partie inférieure de la tumeur. Une ponction est pratiquée sur chacun de ces points et donne issue à deux cuillerées à café d'un pus très fluide, strié de sang. — Cataplasmes.

Le 2 juillet, deux nouvelles ponctions fournissent une très-petite quantité d'un liquide louche.

Le 3 juillet, le point fluctuant supérieur n'existe plus ; l'inférieur, resté fistuleux, fournit un liquide louche très-ténu, et c'est seulement le 8 juillet qu'il se ferme.

Depuis son entrée à l'hôpital, le malade avait été soumis à un traitement général tonique. A partir du moment où il n'exista plus d'abcès, au cou on employa des pommades iodurées pour amener la résolution de la masse ganglionnaire. Quand le malade sortit de l'hôpital, il portait encore des ganglions indurés bien moins volumineux qu'aux premiers jours du traitement. Ces ganglions présentent une surface inégale à laquelle la peau est adhérente. Dans les points déprimés où la peau était amincie et violette, comme je l'ai déjà dit. on croirait avoir affaire à de véritables cicatrices.

OBSERVATION XVII\ :sup. — *Abcès ganglionnaire du cou. — Ponctions capillaires. — Guérison en dix jours.*

Graffe, âgé de vingt-quatre ans, pâtissier, est entré à l'hôpital Lariboisière le 6 février 1856. Ce malade est scrofuleux ; il porte dans les aines des traces d'abcès, et au-dessous du menton, à droite, une cicatrice irrégulière, très-difforme, de 4 centimètres de longueur. Depuis le mois de décembre, il a, en arrière de l'angle de la mâchoire et en avant du sterno-mastoïdien, une tumeur qui a été traitée sans grand succès par l'iode. Cependant il n'en souffrait pas et n'éprouvait que de la gêne dans les mouvements de la tête. Il y a quelque temps, les douleurs reparurent assez vives, et voici son état actuel : La tumeur a le volume d'un œuf de poule ; elle est dure à sa base, et presque indolente ; mais au sommet elle présente, comme surajoutée, une tumeur du volume d'un œuf de pigeon, molle fluctuante, douloureuse d'une peau rouge amincie avec tous les signes qui annoncent son ouverture prochaine.

Le 7 février, une ponction pratiquée avec la tige d'un trocart explorateur donne issue à une cuillerée à bouche de pus filant, mal formé ; la poche est à peu de chose près complétement vidée. — Cataplasmes.

Le 8 février, la peau est moins rouge, bien que la tumeur ait presque repris son volume. Nouvelle ponction, et issue d'un liquide semblable à celui de la veille en moindre quantité et plus séreux. — Cataplasmes.

Le 10 février, la peau est à peine rouge et semble plus épaisse. La tumeur est singulièrement diminuée! Elle n'est plus douloureuse à la pression. Cependant elle contient du liquide, et une nouvelle ponction donne issue à une demi-cuillerée à café de sérosité mélangée de pus.

Le 12 février, une ponction laisse suinter quelques gouttes de sérosité louche.

Le 13 février, la peau est adhérente. L'engorgement ganglionnaire est diminué de plus de moitié. Le malade se trouve très-bien et sort le 17 février.

Abcès de l'aine. — Je puis faire à propos des abcès de l'aine la même observation que pour ceux du cou. Il y a une très-grande différence entre ceux qui sont simples et ceux qui reposent sur une masse ganglionnaire enflammée. Les premiers guérissent assez promptement; les seconds exigent un traitement beaucoup plus long. Comme au cou, lorsque la peau a été très-amincie et a pris une couleur violacée, elle ne perd pas tout de suite sa coloration en se recollant dans les dépressions qui existent sur la masse ganglionnaire, et pendant longtemps, on croirait à l'existence de cicatrices. A l'aine, les piqûres deviennent assez facilement fistuleuses. Lors même que le foyer de l'abcès est complétement vidé, le recollement de la peau tarde quelque temps. Ce résultat, assez différent de celui qu'on obtient dans la région cervicale, tient à ce que la peau du pli de l'aine, naturellement fine, est rapidement amincie par le travail de suppuration, à ce que les malades s'astreignent difficilement à garder un repos absolu. Je n'ai soumis aux ponctions capillaires que des abcès survenus chez des sujets exempts de maladie syphilitique. Je ne saurais comment se comporteraient des bubons vénériens [1].

---

[1] Depuis la publication de ce travail, j'ai traité bien des bubons vénériens par les ponctions capillaires. Le succès a été aussi heureux et plus rapide que dans les cas d'abcès scrofuleux. Comme pour ces derniers, il faut ponctionner le bubon dès qu'il y a de la fluctuation, introduire chaque jour la tige du trocart dans la petite ouverture faite la veille afin de produire une sorte de fistule.

Pendant les deux ou trois premiers jours, le pus, si épais qu'il soit, sort spontanément ou à l'aide d'une légère pression, par la piqûre. Le troisième jour, il est déjà beaucoup moins épais; le quatrième ou le cinquième jour, il ne s'écoule plus qu'une sérosité trouble; le huitième ou dixième jour, et souvent plus tôt, la guérison est complète.

OBSERVATION XVIIIe. — *Abcès ganglionnaire de l'aine.* — *Ponctions capillaires.* — *Guérison.*

Rosier (Aimée), âgée de vingt ans, lingère, dit avoir des pertes blanches depuis fort longtemps. Il y a deux mois, elle eut dans l'aine un gonflement douloureux qui dura deux jours et disparut. Il y a quinze jours, elle fut prise de douleurs dans l'aine droite, douleurs qui augmentaient pendant la marche, et bientôt apparut une tumeur de la grosseur d'une cerise, sans changement de couleur à la peau.

Le 21 janvier, un médecin lui fit appliquer douze sangsues, c'est le seul traitement fait avant son entrée à l'hôpital.

Le 28 janvier, elle entre à Lariboisière, salle Sainte-Jeanne, n° 34. C'est une femme brune, pâle, d'un tempérament lymphatique, sans apparence scrofuleuse. Elle n'a pas d'antécédents syphilitiques.

Elle porte à droite une tumeur qui siége au pli de l'aine, et qui se prolonge au-dessus et au-dessous de ce pli dans une étendue de 3 centimètres.

Son plus grand diamètre est oblique et suit le ligament de Fallope ; elle commence en dehors vers le milieu de la région de l'aine, et en dedans se termine au niveau de l'épine du pubis.

Elle a 8 centimètres dans un sens, et 6 dans l'autre. La peau est rouge violacé, amincie, adhérente. On perçoit une fluctuation très-manifeste au centre, et la périphérie est formée par un bourrelet bosselé et dur. Toutes ces parties sont très-douloureuses à la pression.

Il y a en même temps une vaginite. La muqueuse du vagin est d'un rouge vif et sécrète un muco-pus très-abondant qui donne sur le linge des taches vertes entourées d'une auréole plus blanche, et donne en même temps à ce linge la consistance du linge empesé.

Bon appétit, du reste, et pas de fièvre. On prescrit un bain, des injections émollientes et des cataplasmes sur la tumeur.

Le 29 janvier. — Ponctions avec la tige du trocart explorateur, sortie d'une demi-cuillerée à bouche d'un pus épais, verdâtre, coloré en partie par du sang.

Même traitement que la veille.

Le 31 janvier. — Deuxième ponction. Pus moins abondant, moins épais, plus fluide.

Le 2 février. — Troisième ponction. Sortie d'une cuillerée à café de sérosité sanguinolente, contenant quelques globules purulents. L'engorgement diminue.

Le 3 février. — Quatrième ponction. Sérosité en même quantité mais plus claire et à peine troublée par le pus.

Le 4 février. — Cinquième ponction. Sérosité en moins grande quantité, plus de pus, seulement un peu de sang.

Le 5 février. — Sixième ponction. A peine quelques gouttes de liquide. L'engorgement est réduit considérablement ; la tumeur n'a plus que la grosseur d'une noisette.

Le 6 février. — Il n'y a plus que la vaginite, qui du reste est presque terminée. L'écoulement est beaucoup moindre. Les tissus du pli de l'aine sont un peu durs au toucher, mais il n'existe plus de tumeur et il n'y a pas la moindre trace de cicatrice.

OBSERVATION XIXᵉ. — *Abcès ganglionnaire de l'aine.* — *Ponctions capillaires.* — *Guérison en dix-huit jours.*

Gret (Jacques), âgé de cinquante-quatre ans, est entré à l'hôpital Lariboisière le 30 avril 1856. Il nous raconte qu'il y a huit ou dix jours, il éprouva dans l'aine droite une douleur sourde qu'il ne savait à quoi rapporter. Il n'avait point d'écoulement et ne se rappelle pas avoir eu d'écorchure sur le membre abdominal de ce côté. Les douleurs et le gonflement allèrent en augmentant, au point de rendre la marche impossible et la station pénible. Il y a quatre jours, il cessa tout travail, se mit au lit et appliqua des cataplasmes dans l'aine. Aujourd'hui, 30 avril, voici son état : on trouve dans le pli de l'aine une tumeur allongée, dure, mobile, du volume d'un œuf aplati. Sur le milieu de cette masse, fait saillie une autre tumeur, très-fluctuante, du volume d'une noix ; la peau qui la recouvre est d'un rouge violet ; elle est très-amincie et sa perforation semble imminente. Deux ponctions sont pratiquées avec la tige d'un trocart explorateur et donnent issue à deux cuillerées à bouche d'un pus filant. La tumeur presque entièrement vidée, on constate encore mieux l'extrême amincissement de la peau et une dépression notable dans la masse ganglionnaire. — Repos, cataplasmes.

Le 5 mai, la peau est moins rouge et semble un peu moins amincie. La tumeur s'est en partie reproduite. Deux nouvelles ponctions sont pratiquées ; mais, en pressant la tumeur pour faire sortir le liquide, on le voit s'échapper par ces piqûres et par l'ancienne piqûre, qui ne s'était pas bien fermée. Pour ne garder aucun doute sur la nature de l'engorgement, bien qu'il n'y ait aucune trace d'ulcération sur les organes génitaux, on inocule du pus sortant de la tumeur sur trois points de la cuisse : résultat nul. — Cataplasmes, repos.

Le 8 mai, on a laissé les liquides sortir par les ouvertures qui ne se sont point fermées. Une nouvelle ponction est pratiquée, parce que l'on trouve de la fluctuation dans la poche, et qu'on craint qu'il ne sorte par les anciennes ponctions que les liquides les moins épais. En effet, par la nouvelle ouverture, il sort une demi-cuillerée à café d'un pus séreux un peu filant. La poche est notablement diminuée de volume ainsi que l'engorgement qui lui servait de base. La peau est toujours d'un rouge foncé, mais plus épaisse. L'amélioration est très-sensible. — Repos, cataplasmes.

Le 12 mai, la tumeur fluctuante a presque disparu. On sent un point où doit exister du liquide, et une ponction donne issue à quelques gouttes de pus filant.

Le 14 mai, on ne fait plus de ponction. Les cataplasmes ont été continués. Il sort par les anciennes piqûres un peu de liquide séreux, louche. Le malade se lève un peu et n'éprouve plus de douleur en marchant.

Le 18 mai, l'engorgement ganglionnaire est réduit au tiers de son volume. La pression ne fait plus sortir par les piqûres que quelques gouttes de sérosité presque transparente. La peau a conservé une partie de sa couleur rouge, mais seulement sur le bourrelet placé dans le pli de l'aine, et qui était le point où les téguments étaient le plus amincis.

Le 20 mai, la peau est adhérente; il ne sort plus de liquide par les piqûres. Le malade se trouve bien et sort de l'hôpital. Cependant la masse ganglionnaire, bien que très-réduite, existe encore.

OBSERVATION XXe. — *Abcès de l'aine.* — *Ponctions capillaires.*

Jobin, cocher, âgé de vingt-neuf ans, est entré à l'hôpital Lariboisière le 10 juin. Il y a une trentaine de jours, il remarqua dans l'aine une petite tumeur indolore, dure, sans coloration de la peau, roulant sous le doigt. Cette tumeur augmenta de volume, et devint douloureuse, la peau qui la recouvre devint rouge. Au bout de quinze jours, la tumeur avait à peu près le même volume que maintenant. Il y a huit jours, le malade alla à Saint-Louis, où on fit appliquer un vésicatoire sur la tumeur. Jusque-là, il n'avait fait aucun traitement et avait continué sa profession. Il n'y a rien du côté du membre inférieur, de la verge ou de l'anus, qui puisse expliquer le développement de l'adénite qui a précédé l'abcès. Cette adénite et cet abcès paraissent être venus à la suite de fatigues.

Etat actuel (12 janvier). — Tumeur occupant la partie interne de la région inguinale, allant jusqu'à la verge, remontant au-dessus et descendant au-dessous du ligament de Fallope, présentant dans son diamètre transversal 10 centimètres, 8 1/2 dans son diamètre vertical. Cette tumeur, de forme ovoïde, fait une saillie assez considérable (2 à 3 centimètres environ); la peau qui la recouvre est rouge, amincie; la fluctuation est très-manifeste.

Trois ponctions sont pratiquées : la première avec la tige seule du trocart explorateur, les deux autres avec la tige munie de sa canule. Le pus sort plus facilement par ces dernières piqûres; le pus extrait est assez épais, coloré en rouge; sa quantité peut être évaluée à deux grandes cuillerées à bouche.

Le 13 janvier, la tumeur est moins rouge, moins douloureuse. Une portion du liquide s'est reproduite; la fluctuation est plus manifeste que la veille. Une seule ponctuation est pratiquée avec la tige du trocart : le liquide sort en jet. Le pus est plus liquide que celui d'hier; il présente la même coloration; la quantité extraite est de deux cuillerées à bouche et la tumeur se trouve complétement vidée.

Le 14 janvier, la tumeur est encore moins rouge que la veille, moins douloureuse; la peau qui la recouvre est épaissie. Une ponction : sortie d'une cuillerée et demie d'un liquide qui est plutôt de la sérosité purulente que du pus ; cette sérosité purulente est colorée en rouge.

Le 15 janvier, deux ponctions avec la tige du trocart : sortie d'une cuillerée et demie d'une matière très-fluide, comparable à de l'eau tenant en dissolution une petite quantité de pus ; ce liquide est coloré en rouge par du sang provenant des bords de la plaie. Le malade n'éprouve plus de douleur spontanée ; il ne souffre que lorsqu'il marche ou lorsqu'on exerce sur la tumeur une pression assez forte.

Le 16 janvier, une ponction donne une cuillerée de sérosité légèrement colorée en rouge. Compression à l'aide d'un spica de l'aine.

Le 17 janvier, une ponction donne une cuillerée à bouche de sérosité colorée en rouge par du sang venant des bords de la plaie. L'engorgement inflammatoire étant considérablement diminué et le contenu de la tumeur complétement vidé par les ponctions que l'on vient de faire, il est facile de sentir derrière la tumeur des ganglions lymphatiques engorgés.

Les 18 et 19 janvier, une ponction donne une cuillerée à bouche de liquide *ut supra.*

Le 20 janvier, une ponction donne une demi-cuillerée à bouche de liquide semblable à celui extrait par les précédentes ponctions.

Le 21 janvier, une ponction donne une cuillerée à café de sérosité colorée en rouge. Le liquide, examiné au microscope, ne contient pas de pus, mais seulement des globules sanguins, dont un certain nombre sont plus ou moins altérés.

Le 22 janvier, une ponction donne une cuillerée, à peu près, de sérosité à peine colorée en rouge. La tumeur ne fait presque plus de saillie ; la peau qui la recouvre est à peine plus plus colorée que celle des parties environnantes ; l'engorgement inflammatoire qui existait au pourtour de la tumeur a presque entièrement disparu. On cesse la compression, on ordonne au malade de presser de temps en temps sur la tumeur pour en faire sortir le liquide qui pourrait s'y reproduire.

Les 23 et 24 janvier, une ponction donne une cuillerée à café de sérosité.

Le 25 janvier, même quantité du même liquide. Il sort en même temps un petit grumeau de pus épais.

Le 26 janvier, un quart de cuillerée à café de liquide, qui est constitué presque entièrement par du sang venu de la piqûre.

Le 27 janvier, une demi-cuillerée à café de liquide, légèrement coloré en rouge ; mais le sang qui le colore ne paraît pas venir des bords de la piqûre.

Le 28 janvier, la pression fait sortir par l'ouverture de la veille, qui ne s'était pas complétement refermée, un peu plus d'une cuillerée à café de sérosité rougeâtre.

Le 29 janvier, une ponction donne un quart de cuillérée à café de sérosité rougeâtre. Les ganglions engorgés qui étaient derrière l'abcès sont notablement diminués de volume.

Les 30, 31 janvier et 1er février, l'engorgement ganglionnaire va toujours diminuant ; on ne trouve plus trace de liquide.

Le 2 février, frictions avec la pommade à l'iodure de plomb.

Le malade sort le 11 février, complétement guéri. L'engorgement ganglionnaire a tout à fait disparu.

Abcès critiques. — Il est un autre genre d'abcès qui se prête parfaitement au traitement par les ponctions capillaires. Ce sont ceux

qui succèdent aux fièvres graves et auxquels on a donné le nom
d'abcès critiques. Fluctuants dans toute leur étendue, accompagnés d'une inflammation peu intense, recouverts d'une peau saine,
il suffit d'un très-petit nombre de ponctions pour les guérir. Quoique la peau soit souvent décollée dans une assez grande étendue,
elle adhère très-rapidement aux parties profondes. Ce sont les abcès
dont on vient à bout le plus vite. Il semble qu'il ne faut qu'aider un
peu les efforts que fait la nature pour la débarrasser d'un produit
morbide qu'elle sécrète assez souvent sur plusieurs points du corps
à la fois. Déjà j'ai noté que, dans certains abcès, un épanchement
de sérosité rouge et quelquefois du sang pur prenait la place du
pus. Cette dernière particularité se rencontre surtout chez les malades affectés d'abcès critiques. Ce qui s'explique, du reste, assez
bien, par les dispositions particulières aux hémorrhagies qui sont
le résultat de fièvres graves.

OBSERVATION XXIᵉ. — *Abcès profond de la partie postérieure de la jambe.*

Miron (Joséphine), âgée de quarante-neuf ans, journalière, a été reçue à
l'hôpital Lariboisière, le 6 janvier 1857. La malade entrait pour la seconde fois
dans le service de M. Hérard, pour des accès de colique hépatique.

Le 20 janvier, la malade accuse pour la première fois des douleurs vives
qu'elle ressent depuis cinq jours dans le mollet droit ; ces douleurs sont profondes, continuelles, empêchent le sommeil, se réveillent très-vives, au moindre mouvement qu'on imprime à la jambe ; la palpation de la partie est très-
douloureuse ; gonflement uniforme du mollet, un peu d'œdème de la face
dorsale du pied.

Le 25 janvier, les douleurs ont toujours été en augmentant malgré cataplasmes, frictions, bains ; elles se prolongent vers la cuisse ; l'œdème du pied
est considérable ; frissons le soir depuis deux jours. 110 pulsations. Douleurs
très-vives la nuit précédente.

Le 29 janvier, sur la demande de M. Hérard, je fais une ponction avec un trocart fin sans canule ; il s'écoule environ 150 grammes de pus bien lié. Le troisième jour, un stylet conduit dans le foyer rétablit l'écoulement interrompu
depuis la veille ; il s'écoule 50 grammes de pus séreux.

Le dixième jour, 8 février, il s'écoule à peine une cuillerée de pus très-
séreux, presque de la sérosité ; *idem* les jours suivants pendant lesquels on fait
une légère compression sur la jambe.

Le seizième jour après la ponction, l'écoulement s'est complétement tari ; il
reste un empâtement léger de la partie, de la roideur dans les mouvements ;

mais pas de douleurs ; la malade a pu marcher un peu la veille. Frictions avec la pommade d'iodure de plomb. Guérison.

OBSERVATION XXIIᵉ. — *Abcès de la jambe.* — *Ponctions capillaires.* — *Guérison en huit jours.*

Toussaint, mécanicien, âgé de vingt-six ans, est entré à l'hôpital Lariboisière, salle Saint-Napoléon, le 3 décembre 1856.

A la fin du mois de juin précédent, ce malade a été atteint de la fièvre typhoïde. Au bout de six semaines, alors qu'il était en convalescence, il fut pris de douleurs, d'abord dans la jambe droite, puis dans le genou droit. De là les douleurs s'étendirent aux autres articulations et ne cessèrent qu'au bout de deux mois. Il était à peine débarrassé de son rhumatisme, qu'il ressentit des douleurs vives dans le bras gauche. Bientôt survinrent de la rougeur et du gonflement. Au bout de quelques jours, apparition d'un abcès qu'il laissa s'ouvrir spontanément. Il y a à peine un mois qu'il est guéri de ce premier abcès. A cette époque survinrent quelques douleurs limitées à la jambe gauche ; elles étaient d'abord passagères, mais elles devinrent bientôt plus tenaces et, dans les derniers quinze jours, s'accompagnèrent d'un peu de gonflement, d'œdème mal limité. Le mal continuant à faire des progrès, le malade s'est décidé à entrer à l'hôpital.

On trouve un gonflement de toute la jambe, cependant beaucoup plus prononcé à la partie externe. De plus, à cet endroit la peau est très-rouge, luisante et amincie dans le point le plus saillant de la tumeur. Les douleurs à ce niveau sont très-fortes, surtout lorsqu'on exerce le toucher. Depuis deux jours, il y a des élancements ; enfin, on trouve une fluctuation très-manifeste, tandis que, dans les autres points, le doigt ne donne la sensation que d'un empâtement œdémateux.

Ouverture avec le bistouri : issue d'un grand verre de pus. La jambe est ensuite entourée d'un large cataplasme.

Le lendemain et le surlendemain, le malade ne ressent presque plus de douleur ; le gonflement a presque disparu. Cependant, au niveau de la face interne du mollet, il existe une légère tuméfaction avec rougeur de la peau.

Le 6 décembre, la rougeur est plus vive ; la peau est plus tendue, mais non amincie ; il existe une fluctuation très-manifeste. Ponction de l'abcès avec la tige d'un trocart : il s'écoule environ deux cuillerées d'un pus bien lié, mélangé de stries rougeâtres. Une seule ponction a suffi pour évacuer la totalité du foyer, — Cataplasmes pendant toute la journée.

Le 7 décembre, le malade se trouve très-bien ; plus de douleur. La rougeur de la peau a beaucoup diminué. L'ouverture faite par le trocart est refermée. — Pas de ponction. Cataplasmes.

Le 8 décembre, il n'existe plus qu'une légère rougeur de la peau. Pas de douleur. Cependant on constate, au toucher, de la fluctuation. On fait une ponction avec la tige d'un trocart explorateur, et cette fois il ne s'écoule qu'une cuillerée à café de pus mélangé d'un peu de sang. Après l'évacuation du foyer, la peau est parfaitement revenue sur elle-même. — Cataplasmes.

Le 9 décembre, on trouve un peu de pus sur le cataplasme, et, en pressant légèrement, on fait sortir seulement quelques gouttes de pus par l'ouverture faite la veille. Le lendemain, il ne s'écoule plus, par la pression, qu'un peu de sérosité rougeâtre. Du reste, la rougeur a complétement disparu ; le toucher n'est plus douloureux ; la peau paraît intacte au niveau de l'abcès ; le gonflement de la jambe a également disparu.

Le 13 décembre, il ne reste plus aucune trace extérieure de l'abcès. Les ouvertures faites par le trocart sont complétement refermées. La peau a pris son état normal. Cependant on constate une légère fluctuation : on fait une petite ponction et il s'écoule à peine une cuillerée à café d'une sérosité sanguinolente, mais pas la moindre trace de pus.

OBSERVATION XXIIIe. — *Abcès, suite de fièvre typhoïde.* — *Ponctions capillaires.* — *Caillots sanguins de la poche.* — *Guérison en dix jours.*

Fabre, âgé de vingt-huit ans, tailleur, était à peine convalescent d'une fièvre typhoïde grave, quand il éprouva une douleur vive à la partie supérieure et antérieure du tibia ; bientôt il s'est manifesté un gonflement notable et enfin un abcès. Après avoir employé pendant un mois, inutilement, différents moyens pour le résoudre, il se décide à entrer à l'hôpital Lariboisière le 23 avril 1856.

Sur la face antérieure du tibia, à un travers le doigt de l'articulation, existe une tumeur du volume d'un œuf de pigeon, aplatie, molle, fluctuante, douloureuse à la pression et gênant beaucoup la marche. La peau n'est pas rouge et elle se laisse plisser sur la tumeur.

Le 23 avril, deux piqûres faites avec la tige d'un trocart explorateur donnent issue à une cuillerée à café d'un pus filant strié de sang. (Cataplasmes.)

Le 24, la poche est à peu près du même volume. Deux nouvelles ponctions donnent le même résultat que la veille. (Cataplasmes.)

Je crois avoir démontré ce fait, déjà avancé par Pelletan, que les foyers sanguins ne contiennent un liquide séreux que par suite de la séparation des principaux éléments du sang ;

Que le traitement des épanchements de sang par les ponctions capillaires met les malades à l'abri des accidents graves auxquels ils étaient exposés par l'emploi des autres méthodes thérapeutiques ; qu'il les guérit rapidement ;

Que les ponctions capillaires peuvent être très-utiles dans le traitement de certains abcès, en épargnant aux malades des cicatrices vicieuses et quelquefois de véritables difformités.

PARIS. — IMP. SIMON RAÇON ET COMP., RUE D'ERFURTH, 1.